純情ポルノ

Sachi Umino
海野幸

CHARADE BUNKO

Illustration

二宮悦巳

CONTENTS

純情ポルノ

CHARADE BUNKO

色褪《いろあ》せた紫色の暖簾《のれん》に、白で染め抜かれた『アラヤ』の文字。引き戸の向こうからは賑《にぎ》やかな笑い声と温かな光が漏れ、弘文《ひろふみ》はほんの少し扉の前で躊躇《ちゅうちょ》する。それでも空腹を訴える腹が、グゥ、と鳴ったのを機に、思い切ってガラガラと戸を開けた。

「いらっしゃい！」

中から飛び出した威勢のいい声を追って、酒の匂《にお》いと料理の匂いが噴き出す。それに気圧《けお》されて弘文が後ずさりしそうになったところで、カウンターの中から低い声がかかった。

「なんだ、弘文か。早く入れよ」

カウンターの奥、白い調理服を身につけ、頭に手ぬぐいを巻いた青年が軽く手を上げる。それを見て、やっとホッとしたように弘文も店内に足を踏み入れた。

中にはL字型になった八人がけのカウンターと、座敷の席が四つある。席は半分ほどが埋まっていて、弘文は迷いながらカウンターの中へと視線を送った。

「そこ座れ、日替わり定食でいいか」

視線に気づいた青年に席を指定され、ようやく弘文はカウンターの端に腰を下ろす。

「ありがとう、柊《しゅう》ちゃん」

「……柊ちゃんはよせ」

わずかに顔を顰《しか》めた青年から、弘文は小さく笑ってお手拭《てふき》を受け取った。もう小学生の頃からずっとそう呼んできたのに、今更柊一《しゅういち》、なんて呼べやしない。そんな思いを笑みに含ませて。

柊一は弘文の小学校時代からの幼馴染《おさななじ》みで、この小料理店アラヤの従業員でもある。昼はランチ、夜はつまみや酒を振る舞うこの店に、柊一は高校生の頃から立っていた。店は柊一の父親が切り盛りしている。

料理が運ばれるのを待っていると、奥から柊一の父、幸造《こうぞう》が現れた。角刈りで厳つい顔をした幸造は、弘文に気づくとにこりともせず会釈をよこす。弘文は背筋を伸ばし、ぴょこんと幸造に頭を下げた。

(……客商売してるのに愛想のない親子だなぁ……)

弘文は狭い調理場に並ぶ二人を見比べてそんなことを考える。幸造と同様、柊一も決して愛想のいい方ではない。店に立つときは特に表情も乏しく、ときとしてそれは憮然《ぶぜん》としているようにも見える。

(二人揃《そろ》って男前だけど――……)

「お待ちどうさま」

柊一の日に焼けた横顔をぼんやりと見ていたら、ふいにそれがこちらを向いてカウンター越しに身を乗り出してきた。ギョッとした次の瞬間、黒い盆に載ったアジフライ定食が手元に置かれ、弘文は慌てて直前に考えていたことを霧散させる。

「あ、ありがとう…っ…！　いただきます！」

両手を合わせた弘文を見下ろし、ん、と柊一は短く頷《うなず》く。それ以上の会話もなく踵《きびす》を返した柊一は調理場の奥で食器を洗い始めたようだ。そのがっしりとした顎《あご》のラインと太い首にわずかばかり見とれてから、弘文は割り箸《ばし》を取ってぱきりと二つに割った。

（七年前よりもっと、男前になったような気がする……）

七年、と胸中で呟《つぶや》いて、長い、と重ねて弘文は思う。

弘文は今年で二十五歳になる。高校まではこの町で暮らし、大学入学と共に上京した。そのまま東京で職を探し、もう二度とこの町に帰ってくるつもりはなかったのに。

うっかり、本当にうっかり出来心で帰郷したら、これまたうっかり駅に降りたところを柊一に発見され、無骨な声で『お帰り』と言われそのまま帰れなくなってしまった。決して帰ってくるつもりでこの町に来たわけではなかったのに。

（――……あのとき柊ちゃんに会わなかったら、今もまだ東京にいただろうな）

さっくりと揚げられたフライを口に運びながら弘文は考える。

丸々七年も足を向けなかったこの町に弘文が戻ってきたのは、弘文の生家である祖母の家が取り壊されると聞いたからだった。

弘文の父親は外交官で、弘文が幼い頃から夫婦揃って海外で生活していた。その間弘文の面倒を見てくれたのは父方の祖母だ。その祖母が昨年亡くなり、家を取り壊すことになったと両親から聞いて弘文は生まれ育ったこの町に戻ってきた。

半日も滞在するつもりはなかった。それが何をどう間違ったのか、うっかり引っ越して、もう三ヶ月が経過している。

(——……未練がましい)

溜《た》め息《いき》と共にフライを飲み込んだとき、斜め後ろの席から大きな声が上がった。

「あれ、そこにいるの、ヒロちゃん⁉」

酔いが回っているのか、大分呂律《ろれつ》の怪しくなったその声にギクリとして弘文は振り返る。視線の先には思った通り、アルコールで顔を赤くした五十絡みの男が三人。弘文を見て上機嫌で手を振っていた。

うぅ、と覚えず喉《のど》を鳴らしてしまった。夜のアラヤに入店するのをためらうのはこれがあるからだ。酔っ払いが平気で絡んでくる。

この小さな町では町内全部が顔見知りのようなもので、それは子供の頃も、七年経《た》った今も変わっていないらしい。特に弘文は大分長いことこの土地を離れていたというのに——あるいは逆に、だからこそ、町の人たちは珍しがってよく弘文に声をかけてくる。

元来人見知りが激しく社交的でもない弘文は、いつだってこういうとき上手い対応ができず、ただ曖昧《あいまい》に会釈を返すことしかできない。が、相手はそんなことお構いなしで弘文を自分たちの輪に入れてしまおうとする。

「ヒロちゃん大きくなったねぇ！　あのチビちゃんがよくもまぁ」

「でもひょろひょろしてるのは相変わらずだなぁ。ちゃんとメシ食ってんのかい？」

「なんだったらこっちでおっちゃんたちと一緒に飲みな！」

東京から電車でわずか二時間離れただけで、この差は一体なんだろう。東京で暮らしていたアパートでは、隣にどんな人が住んでいたかも知らなかった。下手をすれば一週間くらい平気で他人と口を利かない生活をしていたのに、この町に戻ってきた途端、これだ。

他人との接触が乏しい生活と今の生活、どちらがいいのか弘文には正直よくわからない。けれどこういうときは本当に困ってしまって、弘文は成す術《すべ》もなく定食の載った盆の隅に視線を落とす。

「勘弁してくださいよ、こいつ下戸なんですから」

そのまま黙り込んでうやむやにしてしまおうとしていたら、思いがけず助け船が出た。驚いて顔を上げると、カウンターの向こうから柊一が出てきたところだ。

「この前もそうやって無理やりこいつに酒飲ませて潰《つぶ》しちまったでしょう。大変だったんですよ、あの後。こいつ店で熟睡しちまって」

言いながら、柊一が三人の座るテーブルの上にイカと里芋の煮っ転がしを置く。表情も抑揚も乏しいが確かに親しみを込めた柊一の言葉に、三人はドッと笑い声を上げた。

「なぁんだ、あの後ヒロちゃん潰れちまったのか！　そりゃ大変だったねぇ！」

「しかし下戸とは可哀相《かわいそう》に、こんな美味《うま》いものが体に合わないんだから……」

「人生の楽しみなんて酒と女くらいなのになぁ！」

「そういえばヒロちゃん、彼女は？」

問われた弘文は首を横に振り、茶碗《ちゃわん》に残った飯を口にかき込んだ。酔いが回って遠慮のなくなった人たちと話すのはやっぱり苦手で、一刻も早くこの場を立ち去りたかった。

無理やり喉を上下させ、口の中の物を飲み込むのと、向こうの席で大きな声が上がったのはほとんど同時だ。

「なぁんだヒロちゃん、まだチェリーか！」

あと一瞬嚥下《えんか》が遅かったら、恐らく噴いていただろう。

あけすけな台詞《せりふ》に弘文は首まで赤くして立ち上がる。店中の目が自分を見ている気がしていたたまれない。幸造に代金を渡し支払いを済ませると、弘文は逃げるように店を後にした。

店の引き戸を閉めると、中からまた賑やかな笑い声が響いてきた。弘文はそれを聞きたくなくて大股《おおまた》で自宅へ向かう。

（な……なんで僕が逃げなくちゃいけないんだろう……）

夏の生ぬるい夜風に頬《ほお》を嬲《なぶ》られながら、弘文は頬の内側を噛《か》み締める。ああいうとき、鷹《おう》揚《よう》に笑って「放っておいてください」と言えたらいいのに。それができないならせめて、無言で睨《にら》みつけてこちらが不愉快に思っていることを相手に伝えられたらいいのに。

そのどちらもできないから、弘文は何度でもああいう手合いにからかわれる。

二十五にもなって……と緩い溜め息をついたら、背後でガラリと戸の開く音がした。

ビクリ、と肩先が震える。振り返るか否か迷っていたら、低い声で「弘文」と呼び止められた。肩越しに見遣れば、頭に手ぬぐいを巻いた柊一が調理服姿のまま店から出てきたところだ。

長身の柊一は大きく身を屈《かが》めて暖簾を潜《くぐ》ると、足早に弘文に近づいてきた。

「悪かったな、嫌な思いさせて。あのオッサンたちも根は悪い人たちじゃないんだ。ただ、酒が入ると悪乗りしちまうだけで……」

うん、と弘文は視線を落として頷く。わかってはいるが、自分はああいう人たちに馴染めない。学生のときからそうだった。弘文はクラスの中心に立って盛り上がる人たちが、どうも苦手だ。一緒になってはしゃげないせいかもしれない。

小学校から高校まで弘文と同じ学び舎に通っていた柊一だってそんなことは重々承知しているはずで、今もそれ以上は言葉を重ねず、無言で弘文の前にタッパーを差し出してきた。

半透明のタッパーには煮物のようなものが入っていて、弘文はそれを受け取りながら顔を上げる。柊一は後ろ頭に片手を持っていきながら、長身に見合った低い声で言った。

「迷惑料だ。と言っても、単に店で出してる料理の余りだけどな」

手渡されたそれはまだ温かい。弘文が食事をしている間に用意しておいてくれたのだろう。柊一はこうして時たま、一人暮らしをしている弘文のために店の料理を持たせてくれる。

「これに懲りずにまた来いよ。それから──……」

ほっこりと胸が温まって何も言えなくなってしまった弘文の前で、柊一が頭に巻いていた手ぬぐいを取った。

「そのうちまた、髪切ってくれ」

手ぬぐいの下に押し込められていた柊一の髪がバサリと落ちる。浅黒い頬に毛先がかかって、弘文は思わず息を飲んだ。

手ぬぐいを巻いていたときはいかにも職人気質《かたぎ》といった無骨な男にしか見えなかったのに、少し毛先の跳ねた髪がその顔を縁取ると、柊一はいっぺんに雰囲気が変わってしまう。無造作に伸ばされた髪が、精悍《せいかん》すぎて険のあった柊一の面差しを和らげ、その長身と相まって柊一は恐ろしく均整のとれたモデルか何かのように見えた。

(うわ…っ…あぁぁぁあっ!)

弘文は猛然《もうぜん》と地面に視線を落とし、言葉もなく首を縦に振る。調理場に立っていたときも男前だとは思ったが、髪形ひとつで急にこんな色男になるのは反則だ。

「いつも悪いな。近所の床屋に任せると角刈りかパンチにされちまうもんだから……」

「だ、だったら、美容院に行けばいいのに……」

「ああいう小洒落《こじゃれ》た場所は肩が凝る」

　学生のときと同じことを言って柊一が肩を回す。

　あの頃も、柊一はよく弘文に髪を切ってくれと頼んできた。美容学校に通っていたわけでもなんでもなかった弘文は毎回固辞しようとして、でも結局柊一の「いいから」という言葉に押し切られて渋々ハサミを持ち出してきたものだ。

　ぶっきらぼうに呟かれる言葉は短い。その直後口元に浮かぶ、悪戯《いたずら》っぽい薄い笑み。それだけで、いつも弘文は柊一に抗《あらが》えなくなってしまう。

（……惚《ほ》れた弱みってきっとこういうこと言うんだ……）

　俯《うつむ》いたまま弘文は思う。もう何度胸中で繰り返したことかわからない。

　柊一は弘文の初恋の相手だ。そして未《いま》だに、弘文はその想《おも》いを吹っ切れずにいる。当然、自分のことを友人としか見ていないだろう柊一にそのことを伝える気など毛頭ないが。

「じゃあ、またそのうち切ってくれ。仕事が一段落つきでもしたら」

　俯いたままの弘文のつむじに、柊一の声が落ちてくる。気配から柊一が手ぬぐいを巻き直しているのがわかって、弘文もやっとのことで顔を上げた。もしかすると多少頬や耳が赤くなっているかもしれないが、そこは夜の闇《やみ》が隠してくれるだろう。

「今日もこの後、仕事か？」

　頭の後ろでギュッと手ぬぐいを結びながら柊一が尋ねてきて、弘文は微《かす》かに頬を引きつらせた。

「う……うん、少しだけ……」

「そうか。……大変だな」

柊一がジッと弘文の目を覗《のぞ》き込む。薄い唇が開きかけ、そこから何か言葉が飛び出す前に弘文は踵を返して地面を蹴《け》った。

「そ、それじゃあ、仕事があるから！　おかずありがとう！」

今度こそ、本当に逃げるように駆け出してその場を後にした。背後から、おう、と柊一ののどかな声が響いてきて、よかったまだばれてない、と弘文は人知れず胸を撫《な》で下ろす。ばれたらきっと、柊一が今までのように弘文と接してくれることはないだろう。

アラヤから歩いて三分のところにある二階建てのアパートに辿《たど》り着くと、弘文は慌ただしく外階段を上って自室の前までやってきた。部屋の前からは、斜め向かいに建つアラヤが見える。そっと見下ろすと、ちょうど柊一が暖簾を潜って店に入っていくところだ。

ほう、と息を吐いて弘文はジーンズのポケットから鍵《かぎ》を取り出した。

弘文には、誰《だれ》にも打ち明けられない秘密が二つある。

ひとつは幼馴染みの柊一に片想いをしていること。同性相手にこんな想いを抱くなんて間違っているとわかっているけれど、もう何年もこの感情を胸から追い出せずにいる。

そしてもうひとつは、仕事に関することだ。

自室に入った弘文は手探りで部屋の明かりをつける。パッと電灯《でんとう》に照らし出されたのは、六畳一間の小さな部屋だ。玄関を入ってすぐ右手にユニットバスに通じる扉があり、真正面には小さな窓。その下にベッドが置かれ、枕元《まくらもと》には細長い本棚が立っている。

地震がきたら一発で本の下敷きになって死ぬ、と帰るたびに思う寝床から視線を逸《そ》らし、弘文は靴を脱いで室内に入った。

窓の斜向かいには小さなキッチン。部屋の真ん中に小さなローテーブル。その上に、ノートパソコンと数冊の辞書が載っている。

(……仕事しなきゃ)

弘文はスタンバイ状態にしてあったパソコンのエンターキーを叩《たた》く。暗かった画面がパッと明るくなり、そこにずらりと活字が浮かび上がった。

まだ立ったまま、弘文は漫然とパソコンの画面を見詰める。そこに立ち上がる、架空の物語にゆっくりと意識を沈み込ませる。

まだ両親にさえ伝えていない弘文の仕事。いっそフリーターの方がまだマシだろうと、言えないままに数年が経つ。当然、他人になど口外したこともない。

(このシーン……どこでパンツ脱いだんだっけ)

画面を見ながらぼんやりとそんなことを考える。弘文は、ポルノ小説家だった。

昔から弘文は引っ込み思案で、他人と顔を合わせればビクビクと物陰に隠れてしまうような子供だった。物心つく前から両親と離れて暮らしていたせいで、いろいろなことに自信が持てないのではないか、というのは弘文を育ててくれた祖母の言だが、実際のところはよくわからない。ただ、弘文は子供の頃からなんとなく人づき合いが苦手で、人の輪の中にいるよりはひとりで本でも読んでいる方が好きだった。

とはいえ集団行動を強いられる小学校でそんな主張を通すことなど不可能で、結局弘文は周りと打ち解けられないまま、気がつけばすっかりクラスのいじめられっ子になっていた。それは学年が変わっても続いて、弘文は小学校の低学年から中学年までをろくな友達もできないまま過ごしたことになる。

あの当時、悲しい、とか、淋《さび》しい、とか思う以上に、仕方がない、と弘文は思っていた。きっと周りに合わせられない自分がいけないのだろうと。

どうやら自分は、普通の人と同じ感覚で生きられない。集団行動が苦手で、確固とした意思表示が億劫《おっくう》で、そして時間は他人が感じるよりもゆっくりと流れている。

上京して大学に入学した後、ますますその思いは強くなり、弘文は大学三年の夏に就職を諦《あきら》めた。会社に入ったところでまた学生時代と同じ集団行動が繰り返され、きっと自分はそこに馴染めない。そんなことは火を見るよりも明らかだったからだ。

かといって、職に就かずに両親の庇護《ひご》の下ダラダラと生活するのも気が咎《とが》めた。自分を育てくれた祖母に顔向けできないような人生を送るのも忍びない。

生真面目な弘文は、ならば自宅でできる仕事をしようと思い至り、SEなどのパソコンを使う仕事や、漫画家、内職、小説家など、ひとつひとつ候補に挙げて真剣に考えた。

まず、SEは早々に選択肢から消えた。弘文は大学で国文学を専攻していて、パソコンに関する知識を一切持ち合わせていない。次に内職。これはなかなかいいかとも思ったが、熟練の内職工でも一日八時間作業して日給が五百円にしかならないと知り断念。元来不器用な自分では到底食べていけないだろう。次に漫画家だが、弘文には絵心というものがさっぱりない。子供の頃は漫画家に憧《あこが》れたこともあったが、ウサギを描いたつもりがクマと言われ、絵の道は幼少の頃に諦めている。

となると、最後に残ったのは小説家だけだ。

小説家が扱うのは日本語だけだし、日本語なら母国語だし、作文の授業だって受けてきたのだからなんとかなるだろう、と、大分安易な気持ちで弘文は小説家を目指した。

そうした経緯で大学三年の夏から弘文は小説を書き始めたわけだが、世の中そんなに甘くはない。方々の出版社に送りつけた原稿は軒並み一次選考にも引っ掛からず消えていった。

一年はあっという間に過ぎ、気がつけば大学四年。同期の者はもうほとんどが内定をとって、さすがの弘文も焦った。だから弘文はそれまで純文学だけに絞っていた応募先を大きく広げ、ライトノベルや恋愛小説、児童文学にホラー小説まで書き始めた。

とにかくもう弘文は必死で、ネットで『原稿　募集』と検索をかけ、引っ掛かった出版社すべてに原稿を送りつけた。すでにジャンルになど拘《こだわ》っていられず、その出版社の本を読んだこともないままがむしゃらに原稿を書いては送付した。

原稿の募集は、なぜか三月と九月周辺に集中しやすい。だから大学四年の夏、弘文はほとんど不眠不休で原稿を書いていた。最早《もはや》ランナーズハイになっていたのだろう。最後の方は意識も朦朧《もうろう》として、わけもわからずゲラゲラと笑いながらパソコンのキーボードを叩いていた記憶がうっすら残るばかりだ。

そして九月末日、弘文は最後の原稿を茜《あかね》出版に送った。郵便局員に面と向かって出版社宛《あて》の原稿を渡す勇気のない弘文は、分厚い茶封筒にべたべたと切手を貼《は》りつけ、ポストにそれを投函した途端気を失った。壮絶な夏の記憶だ。

その茜出版から連絡があったのは、卒業式を間近に控えた二月のことだ。

携帯電話に電話がかかってきたとき、弘文は一瞬茜出版のことが思い出せなかった。最後は出版社を吟味《ぎんみ》している余裕すらなかったのだ。

『雑誌に載ることになりましたから』と電話口で朗らかに言われたときは飛び上がるほど嬉《うれ》しかったが、すぐ不安になった。自分が何を書いたのかよく覚えていない。

弘文はすぐさま書店に行って、茜出版の本が並ぶコーナーを探し、愕然《がくぜん》とした。

ピンクの背表紙も眩《まぶ》しい本は、紛《まご》う方なくポルノ小説売り場に鎮座していたからだ。

背表紙を見ているうちに段々と当時の記憶が蘇《よみがえ》ってきて、弘文は店内で立ち竦《すく》む。

——ギャグのつもりだったのに、と、思い出した途端、血の気が引いた。

ポルノ小説なんて読んだこともなかった弘文は、綺麗《きれい》なお姉さんがアンアン言っていればいいんだろうと相当乱暴なことを考え、そしてゲラゲラと笑いながら原稿を書いた。もう何日も寝ていなかったから正常な思考回路なんて壊れていたのだろう。原稿はよくあるシーンによくある台詞で埋め尽くされ、ポルノ小説は王道の積み重ねだ、と思った。

まるで時代劇じゃないか。そう思ったのはなんのタイミングだったか。

悪者が出てきて、町娘がさらわれて、偉い身分を隠したご隠居が悪事を裁く。子供の頃から時代劇が好きだった弘文は途端に楽しくなってきて、ポルノと時代劇を合体させてしまった。といっても、別に時代物のポルノを書いたわけではない。恥ずかしいくらい明快な勧善懲悪もののポルノを書いたのだ。

——……ギャグのつもりだった。むしろヤケクソだったともいえる。

あまりにどの出版社にも引っ掛からないから、だからそれまで読んだこともなかったポルノ小説にまで手を伸ばした。しかし読んだことのないものが書けるわけもないと自分は最初から諦めて、だからあんなにやりたい放題書き殴れたのだ。

それが何をどう間違ったものか、うっかり評価されてしまった。

弘文は書店のポルノ小説売り場前で呆然《ぼうぜん》と立ち竦む。雑誌への掲載を辞退しようかとも一瞬思ったが、すでに卒業式は目の前で、他《ほか》に就職の当てもない。卒業と同時にニートになったら、優しい祖母は悲しむだろう。

そう思ったから、弘文は腹を括《くく》ることにした。ピンクの背表紙が広がる書店の一角で。

(せっかく……僕の書いたものなんて、載せてくれるっていうんだし――……)

一抹の不安に駆られながらも現状を受け入れたのが三年前。

以来、弘文の肩書は『ポルノ小説家』になったのだった。


部屋の中心に置かれたテーブルに突っ伏して、弘文が低く唸《うな》っている。目の前にはノートパソコン。もうずっと前からフリーズしたように画面は同じ文面だけを映し出している。

弘文はテーブルに片方の頬を押しつけたまま、チラリと壁にかかった時計を見上げる。なんの進展もないまま、もう一時間が経過してしまった。

(明後日《あさって》の締め切りに間に合うんだろうか……)

考えるとしくしくと胃が痛む。でも仕事は進まない。気分転換に昼食にしようかな、と目を閉じかけたところで、テーブルの上の携帯電話が低く震えた。

ビクッと身を竦ませ、弘文は慌てて携帯を手に取る。ディスプレイには『茜出版』の文字。

一瞬本気で窓から携帯電話を放り投げたくなったが、観念して弘文は通話ボタンを押した。

「はい、竹田《たけだ》です……」

『茜出版の倉重《くらしげ》です！　いつもお世話になってます！』

受話器の向こうから快活な声が響いてきて、弘文は思わず携帯を耳元から少し離す。倉重は弘文のデビュー当初からの担当で、とにかく明るい好青年だ。弘文より十も年上なのに、そのバイタリティから自分よりよっぽど若いんじゃないかと思うことすらある。

『それで、どうですか先生！　原稿の進み具合は！』

うぐ、と弘文は言葉を詰まらせる。まだ全然進んでません、と答えるのも憚《はばか》られるし、先生と呼ばれるのにも抵抗があって、結局何も言えずに黙り込む。その沈黙から大体の状況を察したらしい倉重は、ことさら明るく笑って言った。

『いやいや、話の流れはそのままでまったく問題ありませんから！　ただその、濡《ぬ》れ場をもう少し、どぎつくと言いますか、エロくと言いますか！』

ね！　と、倉重の満面の笑みが想像できる声で言われてしまえば、弘文はもう弱々しく「頑張ります」と答えるしかない。「できません」「書けません」などと言おうものなら、だったら趣味で書いてろ、と仕事を取り上げられてしまいそうで口にもできなかった。

弘文の不安な声に気づいたのか、倉重がまた声を立てて笑う。

『大丈夫ですよ！　なんだかんだ言って先生いつもちゃんと原稿仕上げてくれるじゃないで

すか！　うちは冬木《ふゆき》先生が頼りなんですから、よろしくお願いしますね！』

はぁ、と弘文は力ない相槌《あいづち》を打つ。デビューして三年が経つが、冬木というペンネームで呼ばれることも、どうにもまだ定着していない気がする。

電話を切ってから、弘文は再びテーブルに突っ伏した。目の前のパソコン画面には、問題の濡れ場が瞬《またた》いているが顔を上げる気力も出ない。だって、と弘文は力一杯目を瞑《つぶ》った。

（もっとエロくって言われても……知らないんだから書きようがないじゃないか‼）

わぁっ！　と弘文は声を上げて両手で顔を覆った。

本当に、なんの因果だか自分でもよくわからない。一体どうして、童貞の自分がポルノ小説なんて書いているのか。

弘文は生まれてこの方彼女を作ったことがない。当然だ、ずっと前から弘文は柊一一筋で、他に誰かを好きになったことすらない。風俗の経験どころかAVを観たこともなく、だから弘文の書くセックスシーンはすべて想像だ。それでも補いきれないときは、他の売れっ子作家が書く濡れ場を参考にしながらなんとか凌《しの》いでいるのが現状である。

初めて書いたポルノ小説も、書店で適当に買ってきたその手の本を見ながら執筆した。どの本も似たような描写が多くて、知らないながらもよくある単語や擬音語を多用してなんとか書き上げた。

（それにあのときは、恥ずかしいなんて気持ちなかった……）

のろのろと顔を上げながら、弘文はパソコンの画面に視線を戻す。画面上では男女が激しく交わっていて、自分で書いたものなのに——いや、自分で書いたものだからこそ、弘文は気恥ずかしさに目を逸らしてしまいたくなる。

(あの頃は月に三本くらい小説書いてたからなぁ……)

大学四年の夏。各出版社が定めた九月末日の締め切りを直前に控え、弘文は食事も睡眠もそこそこに執筆を続けていた。二百ページを超える原稿を二週間足らずで書き上げたのだ。多分、頭のネジが一本くらい飛んでいたのだろう。

大変だったのはデビューした後で、弘文は毎回こうして締め切りのたびに奥歯を噛み締めてパソコンと向き合っている。知りもしない情事のシーンを、できるだけ本物らしく、エロく書こうと必死だ。

(……本当にこんなに喘《あえ》ぎ声って出るものなんだろうか……)

ぱちぱちとキーボードを叩きながら、弘文は難しい顔で考える。どういうタイミングでどんな声が出るのだか、想像もつかない。

(脚、は……ここまで曲がるか……?)

相手の肩に脚が乗る。これもよくあるシーンだが、皆こんなに体が柔らかいのだろうか。

(左の脚が相手の体の下にあって、右の脚が肩に乗って……?　左腕を背中の方から引っ張ると……?)

弘文の眉間《みけん》に深いシワが刻まれていく。二人の人間がくんずほぐれつする姿を文章だけで表現するのは存外難しい。時折弘文は、高校時代に受けた物理の授業を思い出す。支点、力点、作用点。こっちを押さえてこっちに押したら、体はどっちに倒れていく?

（……経験のある人はこんなことも悩まずにすらすら書けるんだろうなぁ……）

溜め息と共に小説の主人公を動かす。

弘文の書く小説は、仁義に篤《あつ》い金融会社社長が、悪徳金融から金をむしり取られた女性たちを助けつつ手込めにしつつ、最後は悪役を倒して一件落着という流れになっている。時代劇よろしく話は毎回そのパターンで、違うのはヒロイン役の女性くらいのものだ。

画面の中では、浅黒い肌の、しっかりと筋肉のついた長身の社長が金に困って泣きついてきたナースを押し倒したところだ。

『お前、俺のことが好きなんだな?』と美形の社長に囁《ささや》かれ、ナースは陥落寸前だ。社長はいつもこの台詞で強引に女性たちと事に及んでしまう。女性を口説《くど》いたことなどない弘文が苦心の末に思いついた決め台詞だ。他に口説き文句のバリエーションなどない。

社長の薄い唇に笑みが乗り、弘文はまたぞろ深い溜め息をついた。

（……柊ちゃん、ごめん……）

自然と項垂《うなだ》れてしまう。すでに単行本三冊分も続いてしまったこのシリーズの主人公が、実は柊一をモデルにしていると知ったら本人はどんな顔をするだろうか。

恐らく、柊一は激昂《げっこう》するだろう。顔の輪郭が歪《ゆが》むまで殴られても文句は言えまい。

弘文とて最初から意識して柊一に似せようと思ったわけではない。ただ、筋肉もろくについていない自分の貧弱な体では格好がつかないと思い、己が理想とする男性の体を書こうとしたら無意識に柊一を思い浮かべていたらしい。思い返せばこのシリーズに限らず、弘文の小説に出てくる男性は皆どことなく柊一に雰囲気が似ている気がする。

(本人が読んだら、一発でばれるんじゃ……?)

そう思うから、ますます弘文は柊一に仕事のことを打ち明けられない。そうでなくても、童貞でポルノ小説を書いているなんてばれたら、本当にもう合わせる顔もない。

別段、ポルノ小説というものに偏見があるわけではない。最初こそ読んだことのないジャンルで戸惑ったが、冷静に考えればこれも一種の娯楽小説だ。それに自分みたいになんの取り得もない人間の書いた本を誰かが読んで楽しんでくれるなら、こんなに嬉しいことはない。けれど、身近な人間に知られるのは駄目だ。童貞だけどポルノ小説家やってます、なんてばれたら、きっと羞恥《しゅうち》で頭が吹っ飛ぶ。

もう何度目かの溜め息をついて弘文はパソコンの画面を眺める。社長がナースに濃密なキスを仕掛けているシーンのつもりだが、実際濃密なのかどうか弘文にはよくわからない。

(……キスってどんな感じだろう……)

柔らかな他人の唇。それが自分の唇に押し当てられるのはどんな気分なのか。

とりあえず人差し指と中指をくっつけて、第二関節のあたりを唇に押し当ててみた。なんとなく、わかるような、わからないような。首を傾《かし》げて弘文はTシャツの袖《そで》を捲《まく》り上げる。今度は露《あら》わになった生っ白い二の腕の内側に唇を寄せてみた。こちらの方が指より柔らかい。

(……これは気持ちのいいことなんだろうか)

弘文は難しい顔で目頭を押さえる。キスひとつとってもこの調子で、原稿はちっとも進まない。ましてやディープキスなんてもっと想像がつかなくて、毎度のこと腐心する。

(口の中にも性感帯なんてあるのかな)

それを書かないことには前戯も始まらないから、と一応毎回書いてはいるが、実際必要な行為なのかどうか疑問だ。

(キスかー……)

経験がないながら、弘文は熱心に想像してみる。相手の顔がゆっくりと近づいてくる様や、唇に温かなそれが触れる瞬間を。

大きな両手に頰を包まれる。名前を呼ばれて、唇に吐息がかかる。

『弘文――……』

目を閉じて想像に没頭していたら突然頭の中に柊一の声が蘇って、弘文はパチッと目を開けた。直前まで確かに自分の小説に出てくる社長を思い描いていたはずなのに、いつの間にかそれが柊一の姿にすり替わっていたようだ。

（ぼ、僕は変態か……！）

大慌てで浮かんだ妄想をかき消そうとしたら、同時に玄関のチャイムが鳴った。

危うく『ギャッ』と声を上げそうになった。ギリギリでそれを飲み込んだ弘文はノートパソコンを閉じ、参考資料としてテーブルの周りに積んでいた他作家のポルノ小説をベッドの下に押し込んだ。弘文の部屋は玄関を開けると室内の大部分が丸見えになってしまうから、仕事中は特に気を遣って身の回りを整理してから玄関に出なければいけない。

届け物かな、と思いながら玄関に向かい、扉を開けて弘文は息を飲んだ。

玄関先の廊下には、つい先程いけない妄想に引っ張り込んでしまった柊一が立っていた。

「ししっ、柊ちゃん⁉」

「いい加減柊ちゃんはよせって言ってるだろう。……何をそんなに動揺してんだ？」

柊一が訝《いぶか》し気に首を傾げる。今日の柊一は頭に手ぬぐいも巻いていなければ調理服も着ていない。弘文と同じ、Tシャツにジーンズというラフな格好で、足には雪駄《せった》を履いている。

弘文はなんでもないと言う代わりに大きく首を振って、室内を見せまいと玄関先で仁王立ちになった。隠し忘れた本でも柊一の目に止まったら大変だ。

「悪いな、仕事中だったか？」

「いや！　うん……いや！　大丈夫！」

「どっちだ？」

弘文の物言いに柊一が低く笑う。その落ち着いた声音と、穏やかな笑みに弘文の心臓がギユウッと収縮した。途端にその顔を見ていられなくなって、弘文は赤くなった頬を隠すように下を向く。

「いや、本当に、大丈夫……。それより柊ちゃん、なんでここに……?」

「あぁ、昼飯まだだったらうちに食いにこねぇかと思ってな」

顔を上げるより先に弘文の腹が鳴った。それが返事になって、柊一はもう一度小さく笑うと玄関先で身を翻した。

「豚肉のしょうが焼き用意してあるぞ。今年の夏は暑いからな、バテないようにちゃんと精のつくもん食えよ」

言葉より素直に柊一の誘いに応《こた》えてしまった自分の腹を恨めしく思いながらも、申し出自体は嬉しくて弘文はいそいそと靴を履く。どうせ気分転換に昼食にしようと思っていたところだし、ちゃんと締め切りには間に合わせるし、と胸の中で担当の倉重に言い訳しながら。

部屋に鍵をかけて廊下に出ると、柊一はもうアパートの外階段を下りていくところだった。慌てて追いかけ、弘文は一歩先を行く柊一を見上げた。

夏の強い日差しの下でもしゃんと背筋が伸びて揺るがない、広い背中。目に飛び込んできたそれにドキリと弘文の心臓が跳ね上がる。

(……おっきいなぁ……)

胸の中で呟いた言葉が、遠い昔に巻き戻る。まだ弘文が小学生のとき、こうして柊一の背中を見上げて同じ言葉を思い浮かべた記憶がある。

あれは確か、小学四年生のときだったか。体育の授業でドッジボールをしたことがあった。

元来運動神経の鈍い弘文は、こういうとき大概すぐにボールを当てられコートの外に追い出されてしまうのだが、そのときはどういうわけか最後までコート内に残ってしまった。

必死で逃げ回っていたらいつの間にかコートには自分と柊一の姿しかなくなっていて、弘文は大いに慌てた。柊一は当時から体が大きく、スポーツも万能で、となれば敵方がまず狙《ねら》ってくるのは足の鈍い自分に違いない。

思った通り外野から狙いをつけたボールが飛んでくる。足の遅い弘文を見越して力一杯踏み込んで投げられるボールは風切り音が半端でなく、弘文は本気で怯《おび》えた。そうでなくてもいじめられっ子。クラスメートたちのボールには容赦の欠片《かけら》も感じられなかった。

ボールはコートの外から対角線上に飛んでくる。逃げ道もわからず右往左往する弘文の前に、ふいに大きな影が立ちはだかった。

『じっとしてろ、俺がボール取ってやる』

ギョッとして見上げた先には大きな背中。同じ四年生とは思えない広いそれに、弘文は瞠《どう》目《もく》した。

それまで弘文は柊一とろくに話をしたことがなかった。スポーツに長《た》けた柊一は、休み時間になるとクラスメートたちに乞《こ》われて校庭に出ていってしまうのが常だったから。サッカーでも野球でもバスケでも、どんな競技でも柊一は主戦力になって、だから皆が柊一と同じチームになりたがった。

柊一はいわゆる、クラスの人気者というやつだったのだ。決して饒舌《じょうぜつ》でも気さくなタイプでもなかったが、なんとなく皆が柊一に一目置いていた。

そんな柊一といじめられっ子の自分に共通点などあるはずもなく、弘文はいつも遠巻きに柊一を見ていた。その頃はまだ恋心なんて抱いていなかったが、ただぼんやりと、あの子は自分を苛めないんだな、と思いながら。

その後、柊一は言葉の通り弘文を背後に庇《かば》い、飛んでくるボールをすべて受け止めて敵方のコートに投げ返した。そうこうしているうちに外野に出ていた仲間たちも少しずつコートに戻ってきて、壊滅的かと思われた弘文のチームは最終的に逆転勝利を収めたのだった。

試合の間ずっと、他のメンバーがコートに戻ってきてからも、柊一は弘文を背中に庇っていた。弘文はその背に、何度危ないところを助けられたか知れない。

授業後、弘文は勇気を振り絞って柊一に声をかけた。一言だけ、ありがとう、と。

柊一はほんの少し面映《おもは》ゆそうな顔をして、いいよ、と微かに笑った。

たったそれだけのことだ。けれど、それ以来弘文は意識して柊一の背中を目で追うようになった。休み時間も、授業中も、気がつけば視線は柊一の大きな背中へ流れていく。

今も一歩前を歩く柊一の背中から目を逸らせないまま、弘文はそっと苦笑する。

（もう十年以上経ってるのに、なんにも変わってないような気がするや……）

我ながら進歩がない、と思う。柊一から目を逸らせない。その背中に何度でも見とれる。昼に浮かぶ薄い笑みに、心臓がひしゃげたようになってしまう。上手く視線も交わせない。

七年前、この町を出るときに柊一のことは忘れようと決めたのに、そんな決意も淡雪のように消えてしまった。七年ぶりに会うなり、『お帰り』と言った柊一の穏やかに優しい声に、あぁもう駄目だと観念した。

（こんなに好きなんだから、もう駄目だ――……）

視線を逸らせば小料理店アラヤはすぐそこだ。夏の日差しは痛いけれど、まだこうして柊一の後ろを歩いていたかったな、とこっそり溜め息をついて弘文はアラヤの暖簾を潜った。

店には弘文以外の客はいなかった。水曜の今日、本来アラヤは定休日だ。

自宅で仕事なんてしていると曜日の感覚を失いがちだから、弘文は店に入ってからそれに気づいた。せっかくお店が休みなのに申し訳ない、と弘文は言ったが、柊一は軽く笑って取り合わない。放っておくとお前、ろくに飯も食わなそうだからな、なんて言いながら早速調理場で頭に手ぬぐいを巻いてしまう。

柊一の父、幸造は碁会所に行って不在らしい。正真正銘二人きりの店の中で、自分のためだけに柊一が食事を用意してくれる。弘文は嬉しいような気恥ずかしいような、落ち着かない気分で料理を口に運んだ。

「弘文、お前結構、本とか読むか？」

柊一がカウンター越しにそんなことを言い出したのは、弘文がしょうが焼きを完食して「ご馳走様《ちそうさま》でした」と両手を合わせたときだった。

手を合わせたまま、きょとんとした顔で弘文は柊一を見上げる。柊一とは小学校から高校までの長い時間を共に過ごしたが、こんな話を振られたのは初めてだ。

「うん、まぁ、人並みには読むけど……？」

「小説とかも？」

うん、ともう一度頷いたらカウンターの向こうから逞《たくま》しい腕が伸びてきて、弘文の前に置かれていた膳《ぜん》を片手で取り上げていった。代わりに、今度は小さな器が差し出される。

うわぁ、と弘文は目を輝かせる。白地に紺の模様が入った器に盛られていたのは、見た目にも涼しい水羊羹《みずようかん》だ。甘味が好物の弘文は途端に破顔してそれを手元に引き寄せる。

「凄《すご》いなぁ、これも柊ちゃんが作ったの？」

あぁ、と頭に巻いた手ぬぐいを取りながら柊一が答える。その横顔がどこか気恥ずかしそうに見えて、弘文は笑いを嚙み殺した。無骨な見た目からはとても想像できないが、柊一の趣味は菓子作りなのだ。

「美味《おい》しい！　柊ちゃん相変わらず上手だねぇ。小学校の頃から料理クラブでよくクッキーとかクレープとか作ってたし」

「そうだな。まぁ、美味かったなら何よりだ。……それより本の話なんだが」

うんうん、と満面の笑みで羊羹を口元に運ぶ弘文の前に柊一がやってくる。そしてカウンターに肘《ひじ》をつくと、身を乗り出して低く呟いた。

「冬木一《はじめ》って知ってるか」

その瞬間、弘文から一切の動きが消えた。

顔に笑顔を貼りつけたまま、口元にスプーンを持っていった状態で弘文は動けなくなる。表情はなんとか笑みを保ったが、顔面からサッと血の気が引く。

冬木一。そんなもの、知っているに決まっている。

――――それは自分のペンネームだ。

顔だけでなく、全身から血の気が引いていく。指先の体温も奪われて、本当に血が失われてしまったようだ。もしや足元に血溜りができてるんじゃないか。にこにこと表情だけは笑顔のまま、弘文は本気でそんなことを考える。

「おい、弘文？」

怪訝《けげん》そうな顔で柊一がこちらを覗き込んできて、弘文はスプーンを下げ、柊一を見上げる。硬直した表情が未だに笑みをかたどっているのかどうか、自分でもよくわからない。

「し、知らない……」

「そうか」

固い声で答えた弘文にごく短い返事をして、柊一があっさりと身を引く。そのことが、弘文を逆に不安にさせる。だから弘文はつい、自らその話題を広げてしまった。

「そ、その人が、どうかしたの……？　し、小説家？」

震えてしまいそうになる声を無理やり抑えつけて尋ねれば、柊一はなんでもないことのように頷いて腕を組んだ。

「ああ、ポルノ小説書いてる作家だ」

「しっ、柊ちゃん、そんなの読むんだ⁉」

あはは、と笑い飛ばそうとしたが、声は乾いて不自然に店内に響く。墓穴だ、とますます青くなった弘文がテーブルに視線を落とすと、柊一が小さく首を傾げるのが目の端に映った。

「いや、俺はあんまり活字なんて読まねぇんだが、本屋で偶然見つけてな。なんとなく字面が俺の名前に似てるから、つい手に取っちまった」

あぁ、と弘文はその場で頭を抱えたくなった。七年前、どうしてもっと真剣にペンネームを考えなかったのだろうと過去の己を呪《のろ》いながら。

柊一の言う通り、冬木一という名はそのまま『柊一』を捩《もじ》っただけだ。漢字のへんとつくりをばらしただけの、単純な入れ替え。

しかしそれが、まさか本人の目に触れてしまうとは――……。

「こういうのも他人の空似って言うのかどうかは知らねぇが、ちょっと面白いだろ」

腕を組んだまま柊一が屈託なく笑う。カブトムシでも見つけた子供が、友達にそれを打ち明けるような気楽さで。

しかし一緒に笑っていられないのは弘文だ。まさか柊一はあの小説を読んだのだろうか。

そしてよもや、その主人公が自分であることに気づいてしまったのだろうか。

スプーンを持つ手が震え、カチカチと皿に当たって音を立てているのにも気づかず、弘文は自分の手元と柊一の顔の中間あたりを凝視して上ずった声を出した。

「そ、それで柊ちゃん……その人の本、読んだの……？」

「あぁ、読んだ」

あっさりと肯定され、弘文はガバリと顔を上げる。柊一はすっかりくつろいだ様子でカウンターに肘などついていて、その平和な顔に弘文は詰め寄った。

「どど、ど、どうだった⁉」

「――……なに興奮してんだ、お前」

いいから！　といつになく強い口調で答えを促す弘文を珍しいものでも見る目で見下ろして、柊一はわずかに口の端を持ち上げた。

カウンター越しに、グッと柊一が身を乗り出してくる。互いの顔が近づいてギョッとする弘文に向かって、柊一は囁くような低い声で言った。

「……なかなか、くるぞ?」

「——…っ…!」

弘文が大きく目を見開くと、それを見た柊一が喉の奥で声を殺して低く笑った。

「もし興味があるなら、お前にも貸してやろうかと思ったんだが」

「いっ、いい! いらない! ……え、持ってるの!?」

「やっぱり興味あんのか?」

ない! と即答してみても、柊一はまだ面白そうに笑っている。

対する弘文はといえば突然のことに頭がオーバーヒート寸前だ。柊一が自分の本を読んでいて、あまつさえ手元に置いていることにも驚いたが、経験のない自分が書いたものを褒《ほ》められたのも衝撃だった。まずいことになった、という焦りと、未経験者の自分でも経験者を唸らせるだけのものが書けた、という歓喜。まったく異なる感情が混ざり合って、弘文はもうどんな態度をとればいいのかわからない。

「ごっ、ご馳走様でした!」

結局、残りの羊羹を口にかき込んで席を立ってしまった。大慌てで暖簾を潜って外へ出ようとすると、後ろから柊一ののんびりした声がかかった。

「仕事中に時間とらせて悪かったな。近いうちにまたメシ食いにこいよ」

引き戸を潜った途端走り出していた弘文は、柊一の声を背中に受けて、仕事、と唇を噛む。そうだ、忘れていた。自分は仕事の途中でアラヤに昼食をとりにきていたのだ。帰ったら早々に執筆に戻らなければ。

けれどその原稿は、いつか柊一に読まれてしまう可能性がある。

(どっ…どうしよう!)

弘文は走る。ただ必死で。混乱の淵に立たされて、答えなんて出せないまま。

(締め切り明後日なのに——……!)

無情にも、悠長に悩んでいる暇なんて、もうこれっぽっちも残されてはいなかった。

調理場で汚れた食器を洗っていると、父の幸造が帰ってきた。

「誰か来てたのか」

自宅から店に続く扉から顔を出した幸造が、大判のハンカチで首筋の汗を拭いながら柊一に尋ねる。柊一は洗い物の手は止めぬまま、弘文、と短く答えた。

「ちゃんと精のつくもん食わしてやったか」

「ん、豚のしょうが焼き」

そうか、と言って幸造は台布巾片手にカウンターの外へ出た。父ひとり、子ひとりの家庭で、しかも父親が無口とくれば、自然と会話は短くなる。

柊一の母親は、柊一が物心つく前に病で亡くなった。以来男手ひとつで自分を育ててくれた幸造には感謝している。だからというわけでもないが、幸造の開いたこの店を継ごうと思ったのはごく自然な成り行きだ。柊一は中学の時から手伝いとして店に入り、高校に入る頃には調理場で包丁を握らせてもらうようになり、今は父の不在に店を預かるまでになった。

このまま明日の仕込みに入ろうか、と蛇口をひねった柊一に、幸造がふと呟いた。

「にしても、こんな平日の真っ昼間にメシ食いにくるなんて、ヒロ君はなんの仕事してんだ?」

「さぁ……家でパソコン使った仕事してる、とかなんとか……」

「へぇ、そんな難しいことしてんのか。ヒロ君もすっかり偉くなっちまったもんだな」

あぁ、と曖昧に頷いて、柊一は盥《たらい》に張った水に視線を落とす。

パソコンを使った仕事。まぁ、それは嘘《うそ》ではない。嘘ではないが少し的を外しているとも思う。とはいえ、本当のことを言ったところで誰が信じよう。

(あの弘文が、ポルノ小説家だなんて――……)

溜め息をつくと、盥の水が小さく波立った。

柊一がその事実に気がついたのは、三ヶ月前。弘文がこの町に戻ってきて、まだ間もない頃の話だ。

「いい加減にしてやってください、そいつもう、首が据わってないじゃないですか」

まだ春先の四月。店で大いに飲んでいた三人組に柊一が声をかける。松田《まつだ》、竹原《たけはら》、梅本《うめもと》の三人は店の常連で、気前よく飲み食いしてくれるのはいいのだが酒が入るとどうにも他の客に絡みたがるのがいただけない。柊一は、密《ひそ》かに三人を松竹梅トリオと呼んでいる。

梅本が真っ赤な顔をして、だぁってよぅ、と不自然に語尾の伸びた声で言った。

「せっかくヒロちゃんが帰ってきたんだから、歓迎会してやらなきゃぁ」

「そうだそうだ、何もしてやらなかったら可哀相じゃねぇかよぅ」

「だからって潰さないでやってくださいよ」

座敷の席に座る三人に、威圧しない程度の視線を送って柊一は一番奥に座っている人物に目を向ける。

壁に頭を凭《もた》せかけ半眼になってグラグラと上体を揺らめかせているのは、言うまでもない、弘文だ。ほんの一週間前、店の側《そば》のアパートに引っ越してきて、大分部屋も片づいたからとここにやってきたところを件《くだん》の松竹梅トリオに捕まってしまった。

見慣れない顔だなぁ、いやちょっと見覚えがあるぞ、あぁ竹田さんところのヒロちゃんだ！　とあっという間に取り囲まれた弘文は、彼らの手荒い歓迎を受けてダウン寸前だ。

「皆さんももうお開きにしたらどうです？　そろそろ閉店の時間ですよ」

ほら、と柊一が壁時計を指差してやると、三人は驚いた顔でフラフラと立ち上がった。

「なんだ、もうこんな時間かよ！」

「いけねぇ、母ちゃんに怒られちまう」

「楽しい時間はあっという間に過ぎちまうねぇ」

ガハハ！　と豪快に笑いながら支払いを済ませた三人が出ていくと、店内は途端に静かになった。閉店を目前に控え、店に残ったのは壁に寄りかかる弘文だけだ。

「……弘文、おい……起きてるか？」

柊一は弘文に近づいて軽く肩を揺すってみるが、弘文からは不明瞭《ふめいりよう》な呻《うめ》き声が返ってくるばかりだ。どうしたものか、と腰に手を当てると、調理場から幸造の声が飛んできた。

「そりゃもう起きねぇよ。柊一、ヒロ君のアパートまで送ってってやんな」

やはりそうなるか、と柊一は溜め息をつく。仕方なく、柊一は弘文を負ぶってアパートまで運んでやることにした。

「しっかり摑まってろよー」

幸造に手伝ってもらって背に乗せた弘文に声をかけてみるが、答えはない。ただ、肩口で少し速い呼吸の音が響くだけだ。

（もうちょっと早く止めてやればよかったかな……）

まだ肌寒い夜道を歩きながらそんなことを考える。そして、七年経ってもこいつの絡まれやすい性格は変わってない、とも。

(性格なんてそうそう変わるもんでもねぇか)

そのことに、苦笑するよりホッとする。七年も離れていたのに、弘文はあの頃と変わっていない。自分の知らない土地で、どんなに変化したことかと思っていたのに。

「弘文、ついたぞ。鍵は?」

弘文の部屋の前まで来た柊一が背中の弘文を軽く揺さぶる。肩口で弘文が呻いて、鍵、ともう一度ハッキリした声で言ってやるとやっと言葉が通じたのか、弘文はごそごそとジーンズのポケットを探り始めた。

しばらくして弘文が取り出した鍵を無言で受け取り、柊一は部屋の扉を開ける。明かりをつけると、手狭ではあるがそれなりに片づいた部屋の全貌《ぜんぼう》が目に飛び込んできた。

(これは……思った以上に狭いな……)

弘文を背負ったまま靴を脱ぎながら、柊一は物珍しく室内を見回す。一週間前、引っ越しの手伝いを申し出たもののいつにない頑固さで弘文に断られてしまったものだから、柊一がこの部屋に足を踏み入れるのは今が初めてだ。

(どうせ帰ってくるなら実家は取り壊さなけりゃよかったんじゃねぇか……?)

取り留めのないことを考えながら弘文を玄関先に下ろし靴を脱がせる。そのまま玄関に転がしておくわけにもいかず、柊一は再び弘文を抱え上げた。今度は補助してくれる者がいないので負ぶうこともできず、仕方なしに横抱きに抱えてやって部屋の奥に進んだ。

「弘文、水飲むか？」

ベッドの前に立って、キッチンに首を巡らす。同時に、足元の小さなテーブルが目に入った。脚の低いそれにはパソコンと、分厚い紙の束が載せられている。

（仕事中だったの……か……えっ？）

柊一の顔がギクリと強張《こわば》る。紙にはびっしりと活字が並んでいて、所々に赤でチェックや訂正が入っているのだが、その文章に、何かただならぬ雰囲気を感じ取ったからだ。卑猥《ひわい》な単語と水っぽい擬音語、さらに女性のものと思《おぼ》しき艶《つや》めいた悲鳴が延々続くそれを凝視して柊一は硬直する。まだ腕に弘文を抱えたまま。

「ん……柊、ちゃん……？」

弘文が目を覚ましたのは、登場人物の女性が絶頂を迎えた行を柊一が血走った目で追っていたときで、柊一は情けなくも、肩が飛び跳ねるほど驚いてしまった。

「うわっ！　ヒロ、おま…っ…いつから起きて……！」

なんだか覗き見でもばれた気分であたふたと腕の中の弘文を見下ろせば、弘文がまだトロンとした目で重た気な瞬《まばた》きを繰り返している。一応意識は戻ったものの、まだ完全に覚醒《かくせい》したわけではないようだ。

そのまま弘文がまた瞼《まぶた》を閉じてしまいそうになったから、柊一はひとまず先程目に飛び込んできた活字がなんであったのか考えるのを放棄して弘文を揺さぶった。

「おい、おい寝るな。お前店で潰されて気を失ってたんだぞ、覚えてるか？　それで今、お前の部屋に……」

「駄目」

突然、酔っ払いとは思えぬほどきっぱりとした口調で弘文が言った。同時に弘文の眉間に深いシワが刻まれる。

「……部屋に入ったら……困る……」

弘文の顔は苦悶《くもん》に満ちているようで、柊一はしばし無言でその横顔を見下ろす。どうして、と短く尋ねれば、弘文の眉間に寄ったシワが一層深くなった。

「仕事が……ばれる……」

仕事、と口の中で呟いて柊一は視線を落とす。もしかすると弘文が言っているのは、足元のテーブルに置かれた活字の束と関係があるのだろうか。

「……あれ、お前が書いたのか？」

言葉足らずな問いかけに、柊一の胸に凭れかかる弘文の頭が小さく動いた。けれどその動きはあまりに小さく、頷いたのか首を振ったのか判然としない。もう一度同じ言葉を繰り返そうとしたら、ふいに弘文が低く呻いた。

「仕事が……仕事が、ばれたら――……」

言葉尻《ことばじり》が消えかける。そのまま弘文の意識が途切れそうになって、柊一は短く尋ねた。

「どうなる」

質問に迷いはない。弘文からも、間をおかず明確な応えがあった。

「もう、この町にいられない……」

酔ってふわふわとした口調に反し、声には強い意思が感じられた。柊一は腕の中でうとうととまどろむ弘文を見下ろし、ひっそりとした溜め息をついた。

「……それは困るな」

あり得るだけに、と柊一は胸の中でつけ足す。他人の意見には諾々《だくだく》と従うくせに、自分の決めたことはなかなか曲げられない難儀な性格の弘文のことだ。柊一がこの部屋に入って弘文の仕事現場を見てしまったと知ったら、本当にこの町を出ていきかねない。

だから結局、柊一はその出来事をなかったことにした。

弘文を腕に抱えたまま静かに部屋を出ると、施錠をして弘文のジーンズのポケットに鍵を戻し、何事もなかった顔で店に戻った。幸造には、鍵がなくて部屋に入れなかったと嘘を言い、弘文を店の片隅に寝かせて朝を待った。

翌日、弘文は二日酔いで真っ青な顔をしながらも、店で一夜を明かしたと信じて疑っていなかった。柊一と共に部屋に戻った記憶は残らなかったようだ。

だから柊一も、何も気づかなかった顔で弘文と接している。当然、あの夜のことはおくびにも出したことはなかった。

今日、弘文を定休日の店に呼ぶまでは。


（あの反応を見ると、やっぱり冬木一は、弘文か）

盥に張った水に指を浸しながら、柊一はぼんやりと考える。

カウンター越しに冬木一の名を出したとき、弘文はあからさまにうろたえた表情を見せた。いつにない様子で逃げるように店を出ていったことからも、そう判断して間違いないだろう。

（しかし弘文が、ポルノ小説家……）

実際カマをかけてみて、これ以上ない反応があったにもかかわらずまだ信じ難い気持ちの方が大きい。あの晩生な弘文が、ポルノ小説家。

（時代劇好きは変わっちゃいないみたいだが）

フッと盥の中で水が揺れる。気がつけば小さな笑みをこぼしていた。

弘文は昔から小柄で童顔でいつもオドオドしているくせに、どこか老成した部分もあって、小学生の時分から時代劇や和菓子など妙に爺《じじ》むさいものが好きな変わった子供だった。

幼い頃から両親と離れ、祖母に育てられていたせいもあるかもしれない。夕方に放送される時代劇の再放送を、かりんとうと緑茶を用意して嬉しそうに観ていた横顔を思い出す。

あの、わかりやすい勧善懲悪。義理と人情に溢《あふ》れるストーリー。それがまさかポルノ小説の中で再現されるとは。

(どんな読者層を狙ってるんだか)

柊一が口元に浮かべた苦笑を深くすると、カウンターの向こうから幸造に声をかけられた。

「柊一、お前そろそろ髪切りに行けよ。そんなざんばら髪じゃ板場に立たせねぇぞ」

あぁ、と柊一は目にかかる前髪を後ろに撫でつける。そういえばいつから散髪に行っていないのだったか。確か三ヶ月前。弘文が帰ってくる直前に行ったのが最後だったろうか。

「そのうち弘文に切ってもらう」

「あぁ？　ヒロ君そんなこともできんのか？　えらい不器用だって話じゃなかったか？」

「あー……、手先は器用じゃねぇけど……昔から、髪切るのだけは上手いんだ」

そしてやたらと義理堅い。一度交わした約束を弘文が反故《ほご》にすることは滅多にない。だから柊一は弘文に約束を取りつけたのだ。また髪を切ってくれと。

(そうすりゃあ、少なくとも髪を切るまではアイツもここにいるだろう……)

また、七年前のようになんの前触れもなく行方《ゆくえ》をくらまされたのではたまらない。

柊一は洗い場の隅に置かれた、白地に紺の模様が入った器を眺める。今日、弘文に水羊羹を出してやったとき使ったものだ。

(人間相手に餌《え》づけなんてできるわけもねぇのにな……)

何をやっているんだか、と柊一は盥に残っていた水を勢いよく流しに捨てた。

教室の隅の、丸い小さな背中。休み時間になっても誰の席に行くこともなく、誰に声をかけられることもなく、ただ静かに次の授業の教科書を読んでいる。それが弘文だった。

小学三年生で同じクラスになった弘文はいつもそうしてひとりでいた。上手く他人と交わる術を知らないような、いたたまれない表情で大勢の中にいた。

大人しい奴。それくらいの印象しか当時の弘文に抱いた記憶はない。いじめられっ子だったのは知っていたが、自分が苛めに加わったことはなく、教室でそういうシーンに遭遇したら、せいぜいがそこにいる級友をまとめて全部外に誘い出すくらいのことしかしなかった。

詰まる話がまったくと言っていいほど弘文との関《かか》わりなどなかったのだ。

それが変わったのは五年生になってすぐのこと。

柊一の通う小学校では、五年生からクラブ活動が始まる。サッカー、野球、音楽、手芸、様々なクラブがあり、大抵は男子が運動系、女子が文化系に所属した。

当時の柊一は大抵のスポーツをそれなりにこなすだけの体力と上背があり、そこそこ器用でもあったので、クラスの男友達からは一緒にバスケクラブに入ろうだの陸上クラブに入ろうだのさんざん誘われたものだ。

けれど柊一はそれらをすべて断った。もう以前から、入るクラブは決めていたのだ。

それは、料理クラブ。

当時から父の開いた小料理店を継ぐつもりでいた柊一は、迷わずそのクラブを選んだ。幸造はいつも仕事で忙しく、なかなかゆっくり料理を教えてもらう機会もないから、クラブで魚の煮つけでも覚えられればいいなと、そんな期待を抱いて。

ところが、その目論見《もくろみ》は大きく外れることになる。

料理クラブで主に行われるのは、柊一の思うような本格的な調理ではなく、短時間で簡単にできる菓子作りだけだったからだ。

バニラエッセンスや生クリームの甘い香りが漂う調理教室で初めてそれに気づいた柊一は愕然とした。そこには自分以外男子生徒の姿はなく、同じ班の女子生徒でさえほとんどろくに口を利いてくれない。女子は必要以上に男子に関わろうとしない、そういう多感な時期を迎えていたせいもあって、柊一はかなり居心地《いごこち》の悪い思いを強いられる羽目になった。

しかも悪いことはさらに続く。なんとか柊一を自分たちのクラブに引っ張り込もうとして失敗した同学年の男子生徒たちが、その不満をぶつけるように柊一をからかい始めたのだ。

『荒屋《あらや》は意外にエロいんだな、女ばっかりのクラブに入って』

『お菓子作りなんて似合わねーよ。男がそんなもん作って、格好悪ぃ』

真面目《まじめ》に相手にする気にもなれない戯言だ。柊一がひと睨みすれば消えるくらいの。

だから大したことはない、と思った。そんなことを言われるのは週に一度、クラブ活動が始まる直前くらいのことなのだし。そう、思おうとした。

しかしやっぱり、たかがこれしきのことでも精神力はごっそりと削られていく。男子から嘲笑《ちょうしょう》を浴びた後、女子ばかりの調理教室で誰とも口を利くことなく黙々とグループ作業をこなすというのもかなりきつかった。

さらに、作った菓子は自宅に持ち帰らなければならない。

柊一はさほど甘いものが好きではないし、父親にクレープやクッキーを作っているのがばれるのもなんだか気恥ずかしかった。

その日も、柊一はクラブで作ったパウンドケーキを手に途方に暮れていた。

(野良《のら》猫にでもやっちまうか)

半ば本気でそんなことを考えながら教室に戻る。今日は作業が長引いて、すでに廊下に人《ひと》気《け》はない。教室にも人はいないだろうと、柊一は無防備に横開きの戸を開ける。ところが、窓際の席にぽつりと人影があって、柊一は覚えず身を強張らせた。

クラブ活動の後で誰かに会うと大抵何か面白くないことを言われる。舌打ちしようとして直前で止めたのは、窓際に座る人物の方が自分よりよっぽど強張った顔でこちらを見返したからだ。

そこにいたのは、弘文だった。自分の席で本を読んでいたようだ。

柊一はホッと肩から力を抜く。少なくとも気の弱い弘文なら、自分をからかってくることなどない。そんな気安さも手伝って、柊一は珍しく自ら弘文に声をかけた。

「もう下校時間過ぎてるぞ。そろそろ先生が見回りにくるから、怒られる前に帰れよ」

時計を指差しながら言ってやると、弘文があっと小さな声を上げた。下校時間にまったく気づいていなかったようだ。

あたふたとランドセルに本を入れる弘文を横目で見ながら、柊一は自分も帰り支度をする。

「お前、何クラブに入ってんの？」

タッパーに入ったパウンドケーキを手早くランドセルに押し込みながら柊一が尋ねると、窓際から蚊の鳴くような声で、読書クラブ、という返答があった。

あぁ、そんな感じだな、と思いながら柊一がランドセルを閉めようとしたとき。弘文に、思いがけないことを言われた。

「あ、荒屋君は……？　何クラブ……？」

柊一は思わず手を止めて弘文に顔を向ける。一瞬何を訊《き》かれたのかわからなかった。

それを訊くのか、と柊一は思う。四月からずっと、あれだけクラブの前に自分が他の男子生徒たちからからかわれていたというのに、同じクラスにいながらこいつはちっともそれに気づいていなかったということだろうかと瞠目する。

柊一に凝視された弘文は、自分の発言の何が柊一にこんな顔をさせているのかわからない、というふうに怯えた瞬きを繰り返している。どうやらこの顔は本気で、柊一が所属するクラブも、それを取り巻く状況もわかっていない。

「――……料理クラブ」

ランドセルの蓋《ふた》をカチリと閉めて、ぶっきらぼうに柊一は答える。こうやって周りの状況が読めないからこいつはハブにされるんだろうな、と思いながら。

一方の弘文は柊一から返事があったことにホッとしたのか、ほんの少しだけ表情を緩めた。

「凄いね。料理なんて作ってるんだ」

「料理っていうか、菓子だ。今日もパウンドケーキ作らされた」

作らされた、という部分に力を込めて柊一は答える。決して自ら望んで菓子作りなんてしているわけではないと強調するために。

けれど弘文は、それとは異なる部分に激しく反応した。

「パウンドケーキ？　そんなの作れるの？　凄い！」

静かな教室に弘文の弾んだ声が響く。いつも教室の端で小さな声しか出さなかった弘文の、こんなに張った声を耳にするのは初めてだ。柊一は少々面食らって、けれど弘文の輝いた顔を見るのは悪い気もしなくて、一度は閉めたランドセルの蓋を再び開けた。

「……食うか？」

言いながら、タッパーに入ったパウンドケーキをかざしてみせると、それまで他人に近づきたがらなかった弘文がフラフラと柊一の元までやってきた。

「い……いいの……？」

期待に満ちた目で見上げられ、柊一は小さく頷く。どうせ処分に困って猫か犬にでもやろうと思っていたものだ。弘文の小さな手にタッパーを手渡してやる。

その場でタッパーを開けた弘文は、感嘆の声を上げて柊一を見上げてきた。いいの？　と今度は言葉もなく期待に満ちた目で問われ、柊一はもう一度頷いた。

弘文がパウンドケーキを口に運ぶ。途端にその顔が笑みで崩れた。

「美味しい……」

弘文の顔から、怯えや警戒が一瞬で消え、代わりに満面の笑みが咲く。二年以上同じクラスにいながら弘文の暗い顔しか見たことのなかった柊一は、鮮やかな表情の変化に目を奪われた。

「美味しいねぇ。こんなに美味しいもの作れるなんて、荒屋君は凄いねぇ」

リスのように頬を膨らませた弘文がにこにこと笑いながら柊一を見上げてくる。ほんの直前、この教室に柊一が入ってきたのを見たときは、いじめっ子を発見したときのように怯えた顔をしていたくせに。

（……犬や猫だってこんなに簡単になつかねぇぞ）

もりもりとパウンドケーキを食べる弘文を見下ろし、半ば呆《あき》れたように柊一は考える。その間にすっかりケーキを食べ終えた弘文は、最後の一口を嚥下した瞬間、ハッと何かに思い

至ったような深刻な顔になって柊一を見上げてきた。

「……なんだ」

「ご……ごめん……全部食べちゃった……」

——……トロい。柊一は表情もなく弘文を見下ろしてそう思う。こいつはトロい。いろいろな判断に時間がかかる。そして少々、的も外す。

真っ青になってこちらを見上げてくる弘文に、柊一は溜め息混じりで緩く首を振った。

「いい。もともと全部やるつもりだった」

「そ、そうなの？　でも、荒屋君の分は……？」

いい、ともう一度繰り返して柊一は弘文の顔を覗き込む。

「お前、甘いもの好きなのか」

弘文は戸惑ったような顔をしたものの、うん、と素直に頷く。

「だったら来週からクラブで作ったもん、お前にやるよ」

途端に、弘文の顔から一切の表情が抜けた。驚きすぎて目を見開くことしかできなかったらしい。今にも、なんで？　と言い出しそうなその顔を見下ろして、柊一は短く言った。

「いいから」

面倒な説明をすべて省いてそれで片づけようとする柊一に、けれど弘文は反論しなかった。それどころか現金なくらい笑顔になって、うん！　と元気よく頷いたものだから、柊一ももう苦笑するしかない。

お前もう少しいろいろなことに疑問を持てよ、とか、食い物につられてそんな顔するなんて単純にも程があるだろう、とか、なんだかんだと言いたいような気もしたが結局全部飲み込んだ。自分の作ったものを食べて、こんなに嬉しそうにニコニコしてくれるんだったらいいか、と思ってしまったから。

以来、毎週クラブ活動の後は弘文と一緒に帰るようになった。その途中で柊一がクラブで作ったものを渡すと、毎回弘文は目を輝かせて実に美味そうに菓子を食べた。

最初はぽつりぽつりとぎこちなく交わしていた会話も段々と増えてきて、柊一がクラブのない日も弘文と一緒に下校するようになるのに時間はかからなかった。

体の大きな柊一が側にいることで、いつの間にか弘文に対する苛めもやんでいて、気がつけば柊一の傍らにはいつも弘文がいるようになっていた。

それは小学校を卒業しても、中学生になってからも、高校に入ってからも、ずっと。

その先もずっと続くと思っていたのに――……。

『柊ちゃん、僕、東京の大学に行くことになったんだ』

桜の咲き始め。高校の卒業式が終わった直後に弘文は突然そう切り出した。

小学校から高校まで、ずっと傍らには弘文がいた。自分は高校卒業後進学せず店に立つつもりでいたから、これまでのように四六時中一緒にいられなくなることくらいわかっていたけれど。

それでも、この先も弘文は自分の側にいると思っていた。自分以外の人間と一緒にいるときは相変わらずいたたまれないような、身の置き所のないような顔をしても、自分の側にいるときだけは打ち解けた笑顔でいてくれるのだと思っていた。

『柊ちゃん』と、あの柔らかく甘やかな声で何度でも自分を呼ぶのだと思っていた。

それなのに。

あのとき、東京の大学へ行くと告げた弘文を前に、微かに裏切られた気分になった。腹が立たなかったといえば嘘になる。親友だと思っていたのに、なんの相談もなく上京を決めてしまうなんて。

そのまま、七年だ。

弘文は七年の間、一度もこの町に戻ってくることもなければ、柊一に連絡をよこすこともなかった。弘文の生家も取り壊されることになって、いよいよ自分と弘文の接点は失われてしまうのだと思った。

それが今年の春。桜の咲く季節にふらりと弘文は帰ってきた。大きな荷物もなく、軽装で、本当に偶然立ち寄ったような気楽さで。

駅から商店街に続く桜並木の下で弘文の姿を見たとき、胸に様々な感情が過《よ》ぎった。

七年も連絡よこさないで何してたんだ、とか、今更何しに戻ってきたんだ、とか、あのとき、七年前、どうして自分に何も言わずに上京を決めたんだ、とか。

思っていたのに。桜の下で弘文の名を呼んだ途端、全部消えた。

『お帰り』

弘文の元に駆け寄り、それだけ言って反応を待った。

弘文は桜の下で、薄く色づく花びらの中で、小さな声でこう答えた。

『……ただいま』

連絡しろよ。何してたんだ。どうしてあのとき。

そんな言葉はすべて消え去り、ただ胸に迫ってきたのは、圧倒的な歓喜だけだった。

夕食時の小料理店アラヤ。小さな店内は今日もそこそこの賑わいだ。

一番奥の座敷席では、すっかり店の常連になっている梅本が竹原と共に酒を飲んでいた。

カウンターの中にまで、酔って呂律の回らなくなった声が響いてくる。

「昔犬を飼ってたんだけどよ、そいつが逃げ出して、もう何年も戻ってなかったんだよ。それがつい最近、ヒョイと帰ってきてね。あんときはよっぽど、この駄犬が！　って蹴り出してやろうかと思ったんだが……駄目だね、ああして自分を頼って帰ってこられると、やっぱり可愛《かわい》くていけねぇや」

ふふふ、と上機嫌で笑う梅本の言葉を聞くともなしに聞いていた柊一は、ふいに弘文の顔を思い出して首を振った。逃げた飼い犬を弘文と重ねるのは、さすがに失礼極まる。

調理場には幸造も立っている。余計なことに気をとられるとあっという間に「集中しろ」と叱責《しっせき》が飛んでくるから、柊一は目の前の出汁《だし》巻き卵に意識を戻す。小さな長方形の鍋《なべ》に溶き卵を流し込み、一呼吸分待ってから菜箸の先でくるくると巻く。子供の頃から食卓に出すためさんざん作ってきたそれも、客に出すとなれば軽い気持ちでは作れない。

一巻きしたそれを鍋の端に寄せ、箸の先で軽く持ち上げてその下に溶き卵を流し入れる。ジュワッと香ばしい音が上がるのに重なって、ガラリと店の扉が開いた。

「いやぁー、もう夜だってのに外はまだ暑いねぇ」

軽く顔を上げ、いらっしゃい、と声をかける。それに片手を上げて応えたのは松田だ。松田は迷わず奥の座敷席に向かい、先に来ていた梅本と竹原に合流する。松竹梅トリオ勢ぞろいだ。

(……こういう日に限って弘文は店に来るんだよな……)

いくら松竹梅トリオが常連といえども、さすがに毎日全員が店に集まるわけではない。それに三人集まれば気が大きくなって羽目を外しがちだが、個々人で店に来るときは至って大人しいものなのだ。店に来るとかなりの高確率でこの三人に絡まれる弘文は、だから相当、間が悪い。

（この人たちも、毎度弘文に構うのは勘弁して欲しいんだが……）

とはいえそんなことを面と向かって客に言うこともできず、柊一は黙々と卵焼きを作り続ける。パタン、と卵焼きがひっくり返った、そのとき。

「そういえば、ヒロちゃん最近借金取りに追われてるんだって？」

ずるり、と菜箸が滑った。

危うく完成間近の出汁巻き卵に箸を突き立ててしまいそうになった。コンロから鍋を離し視線を巡らせて声の出所を探せば、店に来たばかりの松田が手ぬぐいで顔を拭《ふ》きながら「そうそう」と相槌を打っているところだ。

「あんまりこの辺じゃ見かけない、小綺麗な格好した男が部屋の前に張りついてるって話だろ？　今もいたぞ、隣のアパートに」

「ありゃあやっぱり借金取りなのかねぇ」

「そうじゃなかったら一度は東京に行った人間がどうしてこんな田舎《いなか》に戻ってくるんだよ」

「まだ帰ってきて間もないのに、もう足がついちまったってことかい？」

ヒロちゃん鈍そうだからなぁ、と好き勝手に喋《しゃべ》っている三人は、けれど心底弘文を案じている顔つきだ。

いつまでも鍋を火元から上げたまま三人を凝視していたら、幸造の肘鉄が背中に刺さった。

我に返って調理を再開しようとすると、今度は松竹梅トリオが大声で柊一を呼んできた。

「柊一君！　ヒロちゃん借金取りに追われてるって話、知ってる？」

「い、いえ」

「なんの相談も受けてないの？」

落胆したような視線を向けられても、困る。柊一だってそんな話初耳だ。

「今さぁ、ヒロちゃんの家の前に怪しい男が立ってたんだけど、様子見てきてあげたら？」

「……俺がですか？」

「親友でしょー？　ヒロちゃんが無理やり借金取りに引っ立てられてったらどうすんの」

梅本の言葉に、そうだそうだ、と松田と竹原も追従する。

これは笑ってあしらってもいいものか、と柊一が悩んでいると、手にしていた鍋を横から取り上げられた。

「行ってこい」

渋い顔でそう言ったのは幸造だ。

弘文の名が出てきた時点でとっくに柊一の集中力が散漫になっていたことなど見抜かれていたらしい。

半ば戦力外通告を受けた柊一は、実際弘文の家の前に立つ男が気になったものだからすぐさま店を出て弘文のアパートに向かった。

白い調理服を身につけ、手ぬぐいも巻いたままで柊一は大股でアパートまでやってくる。道路から二階を見上げると、松田の言う通り弘文の部屋の前にスーツ姿の男が立っていた。

（冗談だろ……）

心のどこかで酔っ払いの戯言だと思っていたのに、本当に人がいるとは思わなかった。自然、アパートの外階段を上る柊一の足は慌ただしくなる。

一段抜かしで二階まで駆け上った柊一は、大股で弘文の部屋の前に近づくと、相手がこちらを見るより先に低い声を出した。

「その部屋に、何かご用ですか」

古びたアパートの廊下に響く地鳴りにも似た低い声に、スーツの男がギョッとした様子で振り返る。

廊下に灯《とも》る明かりに照らし出された相手の顔は、予想外に若い。さすがに自分よりは年上だろうが、まだ三十代の半ばといった雰囲気だ。スーツも紺の落ち着いたもので、顔立ちもすっきりと整った、なかなかの美丈夫だ。

一見すると借金取りには見えないが、もしかするとそう見せないように繕っているのかもしれない。柊一は廊下に仁王立ちになって敵意も露わに男を睨みつける。すると男は、ひどくうろたえた顔つきになって胸の前で大きく手を振った。

「いえ、自分はその、こちらの部屋の方に、仕事の用件で――……」

あたふたと手を振り続けながら男が答えて、柊一は微かに目を眇《すが》める。

仕事。仕事ということは、まさか――……?

「……冬木一の、ご担当の方で?」

思い切って、カマをかけてみた。すると目の前の男の強張った顔が見る間に緩んで、相手はあっさりと深く頷いた。

「そうです、自分は茜出版の者で……倉重と申します。初めまして」

倉重と名乗ったスーツの男は、胸ポケットから名刺を取り出すと如才ない笑顔と共にそれを柊一に手渡してきた。

名刺を受け取りながら柊一は複雑な心境で頷く。まさかこんなに簡単に肯定されてしまうとは。まだ心のどこかで弘文イコール冬木一説を疑っていた柊一だったが、思わぬところで決定打が出てしまった。

「失礼ですが、冬木先生のお知り合いの方で……?」

いつまでも名刺を見詰めていたら、倉重が柊一の視線に割り込むように身を屈めてこちらの顔を覗き込んできた。整った見た目のわりに行動が子供じみている倉重に、柊一は無言で首を縦に振ってみせる。

「ええ、まぁ、顔馴染みです」

「あの！　でしたら！」

いきなり倉重の声に切羽詰まったものがにじんで、柊一は何事かと片方の眉を上げる。倉重は深刻な表情で、一心に柊一を見上げて尋ねた。

「冬木先生が今どちらにいらっしゃるかなんて、ご存知ではありませんか？」

いいえ、と柊一が即答すると、途端に落胆したように倉重の肩がガクリと落ちた。

「……部屋には長いこと戻ってないいんですか」

「そうなんです！　夕方からずっと張ってるんですけど、先生帰ってこないんです！」

倉重の声が高くなる。どうやら随分前からここで弘文を待っていたようだ。

出版社の人間はそんなことまでするのか、と思う気持ち半分、張られてるってあいつ一体どんな状況にあるんだ、と思う気持ち半分で柊一は頰を掻《か》いた。

倉重の必死な表情から見て、状況はかなり悪いらしい。弘文の知人だという自分にあっさりと身分を明かしたのも、弘文の居場所を知ろうと藁《わら》にもすがる思いだったたせいかもしれない。そうでもなければ、さすがに見ず知らずの人間にいきなり名刺は渡さないだろう。

「あの、失礼ですが先生の行き先に何か心当たりはありませんでしょうか？」

倉重が情けなく眉を八の字にして柊一を振り仰ぐ。柊一が来る前、ジッとこの部屋の前で佇《たたず》んでいたのとは大分様相が違うその顔に、柊一は、いや、と小さく首を振った。この倉重という男、黙っていたら結構な男前なのに、と多少残念な気分になりながら。

「この時間に帰ってないってことは、多分戻りは遅くなるでしょう。倉重さんも、そろそろ帰った方がいい。ここは小さい田舎町だ、遅くまでこんなところにいると不審者扱いされて警察呼ばれますよ」

一応の親切心からそう忠告してやると、倉重は弱り顔で肩を落としてしまった。

「そうですか……参ったな、もう締め切りのデッドライン過ぎちゃうのに……」

「いつです、そのデッドラインってのは」

倉重は整った顔を情けなく歪めて、明日の朝十時です、と告げた。

だったら、と柊一は肩を竦める。

「大丈夫でしょう。あと半日もある。アイツはそうそう他人との約束を反故にしません」

力強く言い切った柊一に倉重が目を瞬《しばたた》かせる。それから力なく苦笑めいたものをこぼし、柊一を見上げて言った。

「仲がよろしいんですね、冬木先生と」

それはどうだろう、と思ったが、口には出さず柊一は手の中の名刺に視線を落とす。

弘文は自分に仕事のことさえ教えてくれないし、突然目の前からいなくなったりするけれど、本当にそれで仲がいいと言えるのだろうか。親友だと思っていたのは、自分の方だけなのかもしれない。

「まぁ……古い仲ですから……」

時間だけを無意味に重ねてしまった、と思いながら、柊一は倉重の名刺をズボンのポケットに入れた。

倉重と別れ店に戻った柊一は、閉店後道路に出て再び弘文のアパートを見上げてみた。時刻は深夜の零時近く、さすがに弘文の部屋の前に倉重の姿はない。が、弘文の部屋からも明かりは漏れておらず、まだ弘文は戻っていないようだ。

調理服を脱ぎ、ジーンズにTシャツという普段着に着替えた柊一は、その足で近所の川原に向かった。

先程倉重には曖昧なことを言ってしまったが、こういうとき弘文がどこへ行くのか、とっくに見当はついていた。

川原は自宅から歩いて十分のところにある。昼間は犬の散歩やランニングに勤《いそ》しむ人がチラホラと見受けられるこの場所も、夜も遅い今はさすがに人気がない。黒い川に、外灯の光が反射してちらちらと光っているばかりだ。

河川敷を歩きながら、柊一は月光を受けてうっすらと白く浮かび上がる川原を眺める。絶えず視線を動かしながらしばらく歩くと、川にかかった橋の下に小さな影がうずくまっているのを発見した。

柊一は迷わず土手を下りて人影に近づく。そこにいたのは思った通り、膝《ひざ》を抱えてうずくまる弘文だった。

「……久しぶりだな、お前がここに来てるの」

唐突に背後から声をかけると、薄い背がわずかに震え、のろのろと弘文が振り返った。

「……柊ちゃん……？　なんで、ここに……」

「散歩だ。お前っぽい人影が見えたから、下りてきた」

そう、と呟いて弘文はまた抱えた膝の間に顔を埋《うず》めてしまう。こんな深夜に散歩にきたなどと不自然なことを言う柊一を疑っている余裕もないようだ。

大分追い詰められているな、と、弘文の丸まった背中を見下ろして柊一は思う。

弘文は昔から、何か困ったことや悩んでいること、どうしようもない問題を抱えているときにこの川原へやってくる。そしていつまでもこの場所から動かないのだ。

恐らく延々と解決策を模索しているのだろう。自分が納得できる答えを出せない限り、どうあっても先には進めない男なのだ。

気が弱そうに見えて意外に頑固で、いつも生きにくそうに生きている弘文を、柊一は黙って見守ることしかできない。

「……仕事に行き詰まってんのか」

弘文の傍らに立ったまま尋ねると、うん、とくぐもった応えがあった。

「だからってここにいたって始まらねぇだろう」

うん、と再び返事がある。弘文の腕が、ギュッと自分の膝を抱き寄せる。

半袖の白シャツを着た弘文の腕が、外灯に照らし出されて闇の中に浮かび上がった。それを見下ろして、細い、と柊一は場違いに思う。弘文は昔から体格に恵まれていなかったが、長じてからそれがますます顕著になったような気がする。首筋は華奢《きゃしゃ》で、背中も薄い。こんな体でどうやって女を抱くのだろうと思うくらい。

(……いや、弘文に経験はない……んだよな……?)

少なくともあの小説を読むまでは、柊一は弘文に女性経験がないと信じて疑っていなかった。けれどあれを読んでからというもの、どうにもその思いがぐらつきがちだ。

(……経験もなくて、あんなの書けるもんなのか?)

一冊の文庫本の大半を占める、激しい男女のまぐわいのシーン。その濃密さとバリエーションの豊富さには柊一ですら舌を巻いたほどだ。

あれを見るとどうしても弘文が未経験者とは思えない。さりとてこうして見下ろした弘文が女性を組み敷いている姿も想像できない。

(どっちかっていうと主人公の金融社長より、その秘書の方がイメージ近いな……)

最近読んだ弘文の小説に出てきた、大きな体で女性を組み伏せる主人公よりは、その後ろにつき従う控え目な秘書の方が弘文の印象と重ねやすい。秘書のくせにきびきびとしていなくて、なんとなく言動が自信なさ気で、でも健気《けなげ》に社長に寄り添う秘書の方が。

(しかしあんなにリアルに書かれちまうとなぁ……)

考えるほど混乱が深くなる。柊一はガリガリと乱暴に後ろ頭を掻くと、ぶっきらぼうに呟いた。

「弘文、お前彼女とかいないのか」

藪《やぶ》から棒な質問に弘文がゆるゆると顔を上げる。その顔を川面に反射した光が照らし、不思議そうな表情が浮き彫りになった。

「……いないよ？　そんなこと、柊ちゃんだってよく知ってるじゃないか」

「いや……わかんねぇじゃねぇか。今まで面と向かって訊いたこともなかったし」

柊一の言葉尻を奪い、いないよ、ともう一度弘文が答える。仕事に追い詰められ、担当から逃げ回っているにしては穏やかな声で。その声音から、どうやら嘘をついているわけではないようだと判断して、柊一は我知らずホッと息を吐く。そのことになぜこんなに安堵《あんど》しているのか自分でもわからないまま、柊一は真っ黒な川原に視線を投げた。

「だったら、好きな奴は？」

こちらはついでにつけ足した問いかけだった。恋人がいないなら恐らく想い人だっていないだろうという、なんの根拠もない確信の下に漏らしただけの。

しかし、予想に反して弘文からはしばらく返答がなかった。まさか、とドキリとした直後、微かに空気の震える音がした。

「さぁ……どうだろう」

返ってきたのはそんなどっちつかずの答えで、柊一はしばし黙り込む。直前に耳にした空気の掠《かす》れる音が、溜め息だったのか笑い声だったのか判然としなかった。

(さぁ、どうだろう……)

柊一は胸の中で弘文の言葉を繰り返す。単に気恥ずかしくて答えをはぐらかしたのか、それとも自分の知らないところで弘文は誰かに想い焦がれてでもいるのか。

七年も連絡をとらずにいた自分になどわかろうはずもない。けれど、なんだかどこかで聞いたことのある台詞だと思った。なんの変哲もない、でも、何かが引っ掛かる台詞。

(どこで聞いたんだったか……)

目の前では黒い川がさらさらと流れ続け、柊一はその音に耳を傾ける。そうしていればいつか、記憶の糸口が摑《つか》めるんじゃないかと。

気がつけば弘文は膝を抱え直してその間に顔を埋めていて、まだしばらくここから立ち去る気配はなさそうだ。

倉重の言う『デッドライン』まで、もう十時間を切っていた。

窓の外でセミが鳴いている。間違いない、今は夏だ。

それなのに、どうしてだろう。弘文は今、雪深い極寒の地にいる気分に陥っている。

（……まるで真っ白な雪景色だ）

室内はこんなに蒸し暑いのに、溜め息が白く凍りつきそうだ。冷え冷えとした目で弘文が眺めるのは、目の前のパソコン画面である。そこにはただひたすらに真っ白な画面が映し出されている。

弘文はパソコンから目を逸らして壁を見詰める。いつもなら、しばらくそうしていればなんらかの文章が頭に浮かんでくるのだが、今日は何も浮かばない。いや、今日に限らずここ数日、もっと言ってしまえば柊一が冬木一の小説を読んでいると知った日から、弘文はろくに小説が書けなくなってしまったのだった。

（どうしよう……）

弘文は上半身を倒し、絶望的な気分でパソコンの縁に額を押しつける。

四日前、弘文は生まれて初めて締め切りを破りそうになった。パソコンに向かっても作業が進まず、今回ばかりは本当に原稿を落とすんじゃないかと本気で青褪《あおざ》めた。

それでもなんとか、本当にギリギリのところで間に合ったのは、それが改稿作業だったからだ。本文はもう九割方できていて、倉重の、もう少し濡れ場を過激に、という要望に応えるべく原稿を手直しする程度だったからどうにかなった。

しかし、今回は本当にもう駄目かもしれない、と突っ伏したまま弘文は思う。

単行本書き下ろし、三百ページ。三日費やして埋められたのがたった三ページ。このページでいったら書き終えるのは約一年後。締め切りは、もう三ヶ月先に見えている。

弘文はしばらく死んだように動かなかったが、やおらガバリと顔を上げると、猛然とキーボードに手を置いた。

四日前は倉重に多大なる迷惑をかけた。倉重だけでなく他の編集部の人たちや、印刷会社の人たちにも被害は及んだことだろう。それを二度も繰り返すことだけはどうしても避けたい。自分のように社会に上手く適合できない、何をやっても覚束《おぼつか》ない人間の文章を拾い上げ生きる糧《かて》を与えてくれた人たちに、恩を仇《あだ》で返すような真似《まね》だけは絶対にしたくなかった。

心の底からそう思う。思うのに、指先はキーボードの上に乗ったきり、固まったように動かない。

(——……なんて駄目人間なんだ、僕は……っ……!)

弘文はもう、一昔前の頑固オヤジのようにノートパソコンごとローテーブルを蹴り上げてひっくり返してやりたくなった。

三日間、ずっとこの調子だ。どんなに自分を鼓舞してみても、一向に仕事は進まない。主人公の金融会社社長を書こうとすると、どうしても柊一の顔が浮かんでしまう。

なまじ柊一をモデルにしてしまっただけにそれはやたらと鮮明だ。社長を書こうとすると画面の向こうから柊一の咎めるような視線が飛んでくる気がして、どうにも指先が縮こまってしまう。

さらに、シリーズ三作目にして気づきたくもない真実に気づいてしまって、それがますます弘文の指を鈍らせる。

主人公の金融会社社長の周りには、いつも人生に行き詰まった女性たちがいる。生きることに疲弊した彼女たちは社長に熱烈に口説かれ、体を繋《つな》げることで一時の充足を得て、最終的に社長の手助けで借金地獄からも抜け出して新しい人生をやり直す。それがいつもの流れなのだが。

この女性たちを、どうにも自分自身と重ねて書いている節があるのではないかと最近弘文は思い始めている。

社長――つまり柊一だ――に、強く抱きしめられて「大丈夫だ」と言って欲しい。不器用にしか生きられない自分を、丸ごと肯定して欲しい。そして情熱的に口説かれて、この身を預けてしまいたい。

それすなわち、すべて自分の願望だ。

そう気づいてしまったら、そしてそんな願望を柊一本人が読んでいるのだと思ったら、弘文はもう羞恥でもんどりうって過去の出版物を廃棄したくなってしまうのだった。

(僕は変態か！　変態なのか……！)

弘文は両手で耳を覆って激しく頭を振り乱す。これではまるで、男のくせに男に抱かれたがって、実現しない歪んだ欲求を文章にぶつけている変態にしかならないではないか。

（実際そうなんじゃないのか――……！）

もう、七年前のことなんてよく覚えていない。けれど、就職先が見つからず状況が切迫していたとはいえ、女性とつき合ったこともなければアダルトビデオを借りたことすらなかった性に疎い自分がポルノ小説なんて書いたのは、やっぱり心のどこかで性欲の捌《は》け口を探していたからではないのだろうか。当時の自分は柊一に淡い恋心を抱いているだけで、決してそんな生々しい関係になりたいなんて思ったことはなかったけれど、でも本当は、心の底でそれを望んでいたのではないか。

（こんなもの、柊ちゃんじゃなくても見せられない――……）

弘文は両手で顔を覆ってさめざめと溜め息をつく。実際のところ、倉重にすら原稿を見せるのが辛《つら》いくらいだ。こんな個人的な欲望の塊なんて。

ピンポーン、と玄関のチャイムが鳴ったのは、弘文が再びテーブルに突っ伏そうとしたときだ。弘文は中途半端に体を傾けた状態でビシリと硬直する。一瞬黙ってやり過ごそうかとも思ったが、続けざまにチャイムが鳴らされ、その尋常でない回数に弘文は慌てて立ち上がってドアを開けた。

鍵を開けると同時に外から勢いよく扉が開かれ、ギョッとした弘文の前に現れたのは、担当の倉重だ。

「先生！　電話くらい出てくださいよ！」

開口一番、泣きべそをかく直前のような顔で倉重に言われてしまい、前科のある弘文はただ深々と頭を下げることしかできない。

「す、すみません、でした……」

「今日も午前中電話したのに出ないから、またどこかに逃亡したのかと……！」

「いえ、もう、あんなことは——……」

しません、とは言いきれず口ごもると、倉重が渋い顔で弘文を見下ろしてくる。

「……まだ、スランプは脱出できそうもありませんか？」

弘文は黙って下を向く。それがそのまま答えになって、倉重も一緒に眉尻を下げた。

「次の本、締め切りに間に合いそうですか？」

「は、が、頑張ります……」

「答えになってませんよ」

いつもは明るい倉重の声が、今日ばかりは固い。弘文だってできることなら大丈夫だと言いたいが、この状態では本当に三ヶ月先の締め切りも危うかった。

（……せめて柊ちゃんの面影だけでも頭から追い出せたら、まだ少しは……）

しかしそれは柊一を主人公のモデルにしている以上土台無理な話だろう。紙の上で社長を動かすとき、柊一の声や体や仕種《しぐさ》を思い出すのはもう癖になっている。無理やり柊一の輪郭を消そうとするとそのまま社長の輪郭も薄れ、のっぺらぼうの棒人間のような、まるきり厚みのない存在ばかりが残ってしまう。

他の人間に置き換えようにも、自分の体は貧相でちっとも男らしくなくて話にならないし、学生時代は柊一くらいしか友達がいなかったからすぐに思い浮かぶような人物はいないし、テレビの画面や写真に出てくるような体は頭の中で立体化するのが難しいし。

もう本当に打つ手はないのか、と目まぐるしく視線を動かしたら、ふと日に焼けた太い腕が目の端に映った。

泳ぎがちだった弘文の目がピタリと止まる。視線は太い腕から広い胸に移り、逞しい首に至って、やがて倉重の顔へと辿り着いた。

「……どうしました？」

倉重がきょとんとした様子で首を傾げる。柊一の無骨で精悍な顔立ちとは異なる、むしろ甘く整った繊細な顔を見て、弘文は思わず素足で玄関先に降り立った。

「く…っ…倉重さん！」

「へっ？　は、な、なんですか？」

珍しく大きな声を出した弘文に戸惑ったのか後ずさりしそうになった倉重のシャツを掴み引き寄せると、弘文は中途半端に開いていた玄関の戸も引く。倉重の背後でスチールの扉が閉まる音が響くと、同時に弘文は低く呟いた。

「倉重さん……脱いでください」

「……え、」

「そして触らせてください！」

「え……ええっ⁉　ちょ、なっ……どうしたんですか、先生！」

「締め切りを守るためには、もう他に手がないんです！」

「締め切りと自分が脱ぐのとどういう関係があるんです⁉」

ワイシャツの裾《すそ》を摑んで離さず、食い入るように見上げてくる弘文の真剣すぎる眼差《まなざ》しに恐れをなしたのか、倉重が裏返った声を出す。そのまま仰《の》け反《ぞ》って逃れようとする倉重を引き止めるべく、弘文は今の状況を白状した。

弘文はただ必死で、自分を必要としてくれた出版社の人たちに迷惑をかけたくない一心で、結果として倉重をひん剝《む》くことが倉重自身の迷惑にならないのかにまでは、まったく頭が回らなかったのだった。


「僕ぁ会社に戻ったら、自分は編集者の鑑だと公言してもいいと思うんですよ」

「はい、いいと思います」

「……ちょっとは乗ってきてくださいよ先生、僕が馬鹿みたいじゃないですか」

はい、と生真面目に頷いて、弘文はパソコンの画面から目も上げずにキーボードを叩き続ける。その傍らでは、ワイシャツを脱いで半裸になった倉重が正座をしていた。

弘文から大まかな話を聞いた倉重は、そんなことで筆が進むなら、と割合簡単にワイシャツを脱いでくれた。弘文の説明は、『主人公のモデルにした知人と再会して以来イメージが混乱して上手く小説が書けない』という重要な部分を大いに隠したものだったが、倉重は一応納得してくれたらしい。

弘文は自分で自分に、社長のモデルは倉重、柊一でなく倉重、と何度も言い聞かせ、どうにかこうにか執筆を再開したところだ。うっかり柊一の顔が過ぎりそうになると慌てて隣に座る倉重に視線を移す。そしてまた念仏のように、社長のモデルは倉重、と口の中で呟いてパソコンの画面に戻るのだった。

「すみません、あとちょっとしたら、多分倉重さんで完全にイメージ固まりますから」

「どうぞどうぞ、次回の締め切りのためにもしっかり固めておいてください」

横から倉重の間延びした声が返ってくる。はい、ともう一度頷いて、弘文は一心不乱に書き続けた。倉重がいるうちにできるだけページを稼ごうという算段だ。

しかし調子がよかったのは冒頭だけで、最初の濡れ場に突入するとすぐにそのペースが落ちた。濡れ場で筆が鈍るのはいつものことだが、今回は柊一に読まれるかもしれないというプレッシャーも手伝ってますますのこと進まない。

さらに難しかったのは手の描写だ。社長の手が動く、触れる、というシーンでは、どうしても柊一の、節の高い、日に焼けた、ごつごつと骨ばった大きな手ばかりが思い起こされる。

そうなると今度は、学生時代あの手に親し気に肩を叩かれたことや、手荒に頭を撫でられたことや、温かく乾いていた感触まで蘇ってしまって、弘文は思い出を振り払うように大きく首を振った。

「……すみません！　ちょっと握手してもらえますか！」

「え？　はぁ、はいはい」

弘文が右手を差し出すと、隣に座る倉重も同様に手を出してきた。その手を握り締めて、違う、と弘文は思う。

倉重の手は大きいが全体にほっそりとして、指も爪《つめ》も長く、少しだけ体温が低い。真冬でも熱いくらいの柊一の手とは違う。別物だ。

「……ありがとうございます」

「もういいんですか」

「またお願いするかもしれません」

構いませんよー、と倉重が軽い返事をする。そして実際、倉重は何度も要求される握手に応じた。有名人になった気分だ、などと茶化しながら。

（………………この人が担当で、よかった）

弘文の背後では倉重が欠伸《あくび》を嚙み殺している。弘文がどれだけ倉重に感謝と信頼を寄せているのかきっと気づいていないだろう、眠た気な横顔で。

あ、と倉重が短い声を上げたのは、弘文が執筆を再開してから二時間近くが経過したときだった。

「先生、その体勢ちょっと無理がありません？」

執筆に没頭するあまり一瞬倉重の存在を忘れかけていた弘文は、突然上がった声にギョッとして倉重を振り返った。

倉重はどうやら何もしないで座っているのに飽きてしまったようで、随分前から弘文と一緒にパソコンの画面を覗き込んでいたようだ。シーンは情事の真っ最中である。

こんなシーンを書いている現場をずっと後ろから見られていたのか、と今更羞恥を覚える弘文を置き去りに、倉重は難しい顔で首をひねって言う。

「ここ、女性の左脚が社長の右肩に乗ってるでしょう。で、反対の脚は社長の左膝の外側に来てる。そうすると——……入んないんじゃないですか、これ」

何が、どこに、とは、言わずもがなだろう。

弘文はゆっくりとした瞬きをして、それから額を掻いた。

「……入りません……か？」

「入りませんよ、上半身右にひねってるし、絶対こっちに体寄ってますよ」

「…………いや、位置的に問題ないんじゃ」

「入りませんよ、股関節《こかんせつ》外れちゃいますよ」

「じゃあ体をひねらず、仰向《あおむ》けにさせたらどうでしょう」

「えぇ？　うー……いやぁ、それでもなぁ……」

弘文にセックスの経験はない。経験はないが、人間の関節の稼動範囲くらいはなんとなく想像がつく。だからこれはいけるんじゃないかと思うのだが、倉重は違うらしい。

しばらく、できる、できないの問答を繰り返した後、それまで正座をしていた倉重が軽く身を乗り出してきた。

「だから、社長はこの体勢なわけじゃないですか、それで女性が……」

「女性は下で、脚をこっちの肩にかけるんです」

「そうそう……ちょっとよろしいですか」

倉重に手招きされ、弘文もそれに応じる。倉重と向かい合って座り両足を投げ出すと、こうですよね、と倉重が弘文の左脚を摑み自分の右肩へ導いた。そうです、と頷いて、弘文は自ら右脚を倉重の左側へ置く。ああだこうだと言い合っているうちにお互い自分の主張が譲れなくなってしまい、解決するにはもう実際やってみるしかなくなっていた。

床に肘をついて半分体を起こした状態で、弘文は倉重と顔を見合わせる。

「いけそうじゃないですか？」

「無理そうじゃないですか？」

呟いたのはほぼ同時だ。えぇっ、と不満の声を上げたのも、多分同時だった。

「いけますよ、この位置なら入ります」

「でも先生、脚痛いでしょう、無理しないでください」

「痛くありません。問題ないと思います」

「いや、でもこれ、動きにくいし……それに先生、背中床につきます？」

「つきますよ、ほら」

ぺたりと床に背をつけてみせる。倉重は、先生は妙なところだけ頑固だなぁ、などと苦笑しながら軽く身を倒した。

「でも、こっちの脚、床についてる方の脚、僕がまたいだ方が多分楽になりますよ」

倉重が弘文の左脚を肩に担いだまま右脚をまたぐ。途中、弘文の顔の横に肘をついて腰を浮かせながら、先生の体はこっち、と弘文の上体を右にひねらせた。

「ほら、こっちの方が楽でしょう。女性が体をひねってるっていう最初の体勢にも近づくじゃないですか」

弘文は喉の奥で唸る。確かに、実際やってみるとこちらの体勢の方が楽だ。

体をひねっている方が顔の横でシーツを握り締める様子もちゃんと書けていいかなぁ、などと倉重に脚を担がれたまま考えていると、突然室内にチャイムの音が鳴り響いた。

ビクリと体を跳ね上がらせ、弘文は上にいる倉重を仰ぎ見る。先程腰を浮かせるため弘文の顔の横に肘をついたせいで倉重の顔は予想よりずっと近くにある。

これはまずいんじゃないの、と思ったのは二人同時で、慌てて起き上がろうとしたが慣れない体勢で脚が絡まって上手くいかない。とりあえず肩に乗せた脚だけでも下ろそうと無理に振り下ろしたら、ベッドの端に思い切り小指をぶつけ、股関節がゴキ、と鈍い音を立てた。

「いっ……たぁ‼」

「せっ、先生！　大丈夫ですか！」

予想外の激痛と鈍痛に大きな声を上げてしまった弘文に、倉重がオロオロと手を伸ばしてくる。大丈夫、と答えようとしたら、玄関のドアノブがガチャンと低い音を立てた。

「えっ……！」

弘文はギョッとして玄関に目を向ける。最悪でも鍵をかけてあるから大丈夫だと思っていたのに、今のは確かにノブが回る音だ。

なんで、と思った次の瞬間、最後に戸を閉めた情景が脳裏に過ぎった。

そうだ、確かあのときは倉重を家に引っ張り込んで服を脱がせるのに必死で、多分鍵にまで気が回っていなかった。いつもなら、絶対に閉め忘れることなんてないのに。

ドアが開いていく間、配達の人でありますように、と弘文は願う。あるいは新聞の勧誘でも、水道局の職員でもいい。ともかく自分と縁の薄い人でありますようにと。

しかし、そんな願いも虚《むな》しく、ドアの向こうから現れたのは弘文にとってこの町で一番縁の深い人物だった。

「おいどうした！　今なんかデカイ声が——…っ…」

慌ただしく扉を開けて中に踏み込んできたのは、柊一だ。

最もこの場にいて欲しくなかった人物の出現に、弘文は硬直する。上にいる倉重を押しのけることも、弁解することも忘れてただ柊一を凝視する。

対する柊一も、途中まで言いかけた言葉を忘れたかのように口を半開きにして動かない。

ただ、弘文をしっかりと見詰めて完全にフリーズしている。

静かだった。窓の外で蜩《ひぐらし》が鳴き交わす声以外、室内はまったくの無音だった。

「あの……？」

沈黙を破ったのは、倉重だ。弘文がハッとしてその顔を見上げると、倉重は不思議そうな顔で弘文と柊一を交互に見ていた。早く状況を説明した方がいいんじゃないですか、と言わんばかりに。

そうだ、状況を説明すればいいのだ、と弘文は思うが、直後、何をどこからどうやって説明すればいいのかわからなくなりまた固まってしまう。

だって、ポルノ小説家と担当が体位の確認をするためにこういう格好になりました、とずばり真実を伝えるわけにはいかないのだ。

どうしたものかと冷や汗をかきながら考え込んでいると、パタン、と静かに扉の閉まる音がした。その音に反応して慌てて玄関先へ視線を向けたものの、すでに柊一の姿はない。濡れた背筋に息を吹きかけられたように、スゥッと弘文の背が冷たくなる。何事だ、と問い詰められるならまだしも、無言で出ていかれてしまったことに対する猛烈な不安に襲われた。見放されたような錯覚に陥る。

(な……なんだと思われただろう……これ)

床にべったりと寝そべる弘文と、その上にまたがる半裸の倉重。せめて倉重がシャツを着ていてくれれば、と思うものの脱がせたのは他ならぬ自分だ。

「あのー、先生？　あの人って確か……」

自分の上からどきながら倉重が何か言っている。が、それはほとんど弘文の耳に入ってこない。床に寝そべったまま、弘文は掠れた声で呟くのが精一杯だった。

「……今日のところは、もう、これで、おしまいにしましょう……」

「あ、そうですね、もうこんな時間ですし」

この調子なら締め切りも問題なさそうですね、などと朗らかに言って倉重が身支度を整え始める。その間も弘文はやはり動けず、ただただ玄関の扉を見詰めることしかできない。

玄関からベッドまではなんの障害物もない一直線。当然、自分たちの姿を柊一はしっかりと見ている。が、腰から下の部分はノートパソコンの載ったローテーブルが邪魔をして見え

にくかったはずだ。

（……なんだと思われただろう）

もう一度、胸の中で繰り返す。しかしそんなことは想像するだけで恐ろしく、思考は途中で崩壊し、結局弘文は何も考えられず呆けたように玄関を見詰めることしかできなかった。

セミの声が聞える。真上から降り注ぐ日差しが痛い。汗が顎を伝って地面に落ち、弘文は足元に小さく広がった黒いシミを無意味に凝視する。

小料理店アラヤ。その入口で、弘文はもう大分前から顔面蒼白《そうはく》になって立ち竦んでいた。

平日の真っ昼間。アラヤは本日定休日で、中に自分以外の客はいない。最近囲碁に凝っているという幸造はまた碁会所に行っているだろうし、きっといるのは、柊一だけだ。

（なんで……昨日の今日で僕はこんなところにいるんだ……）

倉重と体位の検討をしているところを柊一に目撃されたのは昨日のこと。本来ならしばらく顔を合わせず冷静に話ができるようになるまで待ちたいところだが、そうできないのにはわけがあった。

発端は先週の水曜日。いつものように定休日の店に弘文を呼びにやってきた柊一は、実に軽い口調で言ったのだ。『来週からは俺が呼びにいかなくても店に来るようにしろよ』と。

店が休みなのに毎回お邪魔するのは悪い、としりごみする弘文に柊一は、いいから、といつもの調子で言い放ち、唇に薄く笑みを乗せて弘文の反論を封じてしまった。

そんな約束をしてしまったものだから、弘文はこうして店の前に立っている。

（だ、大丈夫だ、昨日の言い訳もちゃんと、用意してきたし）

グッと脇《わき》で拳《こぶし》を作り、弘文は思い切って店の引き戸に手をかけた。大丈夫、大丈夫、と自分に何度も言い聞かせ、固く目を瞑って戸を開ける。ガラガラッといつもより勢いよく扉が開き、中から食欲をそそる味噌《みそ》の甘辛い匂いが漂ってきた。

「ああ、来たか」

店の中には思った通り、頭に手ぬぐいを巻いた柊一がひとりでいた。とっさに弘文は身構えたが、柊一はいつもと変わらぬ様子でカウンターの中から弘文に手を上げただけだった。

拍子抜けしたのは弘文で、逆にこういう反応は予想していなかったものだからどう対応したらいいかわからない。店の入口に立ったまま動けずにいると、柊一がこれまたいつもと同じ仕種でカウンター席を指差した。

「お前のことだから遠慮して来ないかと思ってた。座れよ、ナス味噌炒《いた》めでいいか？」

「あ、う……うん、ありがとう……」

言われるままにおずおずと席に座り、改めて柊一の様子を窺《うかが》ってみる。が、やっぱり特に変わったところはないようだ。昨日のことを聞いてこようとする気配すらない。

なぁんだ、と弘文は胸を撫で下ろす。昨日の出来事は、自分が思うほど柊一の印象には残らなかったらしい。それはそれで淋しいような気もするが、下手に詮索《せんさく》されて自分がポルノ小説家だとばれるよりはずっとマシだ。

（でも、一応、言い訳くらいしておいた方がいいかな……）

昨日のあれは、プロレス好きの大学の先輩が久々に部屋に遊びにきて、一頻り技をかけられていたところだったのだ、と、我ながら大分苦しい言い訳を敢《あ》えてするか否か弘文は考え込む。訊かれてから答える方が自然かな、などとあれこれ考えていると、目の前にできたてのナス味噌炒めとご飯、味噌汁、漬物の定食が置かれた。

「はい、おまち。熱いから火傷《やけど》すんなよ」

「うわ、美味しそう！　ありがと……う……」

定食を前に輝いた弘文の表情が、ゆっくりと強張る。見遣ったカウンターの中では、柊一がすでに弘文に背を向けていた。

（あれ……）

ようやくのこと、弘文は異変に気づく。何かがおかしい、変だ。柊一の態度はいつもと変わらないはずなのに。

（変わらない……？）

自問して、弘文は小さく首を振る。違う、変わっている。だって柊一はこちらを見ない。

（そういえば、お店に入ってからまだほとんど、口も利いてない……）

柊一は元からお喋りな方ではないが、それでも弘文が黙っていればなんだかんだと声をかけてきた。さすがに営業時間中は幸造もいるし、他の客の目もあるから寡黙に作業に徹しているが、こうして定休日に弘文と二人きりで食事をするときは、ちゃんと自炊もしてるか？とか、昨日は夜中に雨降ったけど窓開けて寝なかったか？ とか、他愛もない、ちょっとした会話が必ずあったのに。

ドキン、と弘文の心臓が鈍く脈打つ。肺の辺りにゆっくりと、鉛のように重たい空気が溜まっていく。

「柊ちゃん……このナス味噌炒め、すごく美味しいね……」

本当はもう舌に乗せたものの味なんてわからないくせにそう声をかけた。柊一はこちらに背を向けたまま、笑いの混じる声で「そりゃよかった」と返した。

決定打だ、と弘文は思う。声や言葉はいつもと変わらないが、やっぱり今日の柊一は違う。いつもなら必ず振り返って、弘文の言葉の真偽を確かめるようにこちらを見詰めて、やっと目元を緩めるのに。そりゃよかった、と、心底嬉しそうな、温かな声で言ってくれるのに。

（昨日の、あれ……どう、思われたんだろう……）

できれば考えたくもなかったことだが、今は考えざるを得ない。弘文は味のわからないナス味噌炒めを咀嚼《そしゃく》しながら昨日の情景を思い起こす。

半裸の倉重と、その体の下にいた自分。腰から下は恐らく柊一の視界には入らなかったはずで、だとすれば、考えるまでもない。

（やっぱり……情事の真っ最中だとでも、思われたかな……）

味噌汁が水のようだ。味がしない。温度も感じない。具がなんなのかもわからない。椀《わん》の中に視線を落とすこともせず弘文はずっと柊一を見詰めているが、柊一はこちらに背を向けたまま振り返ろうとはしてくれない。

（……ホモだって、思われたかな……）

実際自分は柊一が好きだし、それは間違っていないのだけれど、その結果として柊一が弘文にこうした態度をとっているのだとしたら——……。

（苦しい）

胸が塞《ふさ》がれるようだ、と思ったら、本当に胸に鈍痛が走った。何かと思えば、比喩《ひゆ》ではなく何かが胸につかえている。どうやら味噌汁の中にジャガイモが入っていたようだ。

小さくむせて、味噌汁を飲み込む。それでも柊一は振り返らない。

（痛い……）

ゆらりと、味噌汁から上がる湯気のせいばかりでなく視界が歪んだ。

苦しい、痛い。振り向かない柊一の背中を見ていると、自分の嗜好《しこう》や、存在そのものさえ丸ごと否定されてしまった気分になる。

（あのときと一緒だ……）

瞼の裏にいつかの光景が蘇る。まだ、二人して高校の制服を着ていた頃。

柊一に初めて、彼女ができた。

『ヒロ、今日は先に帰ってもらっていいか？』

今思えば照れ隠しだったのだろう、いつも以上にぶっきらぼうに口にされた言葉に戸惑って理由を問えば、いっそ不機嫌な顔で言い返された。

『——……彼女ができた』

本当に柊一が嫌がっているわけでないことくらい、長年その傍らにいた弘文にはすぐわかった。耳の端が微かに赤くなって、柊一は急にこちらを振り返らなくなった。

あのときの不思議な感覚をふいに思い出す。世界中から色と音が失われたような、自分だけ別の空間に放り出されてしまったような。

なんでこんな気分になるんだろうと考えて、わかった刹那《せつな》、本当に世界が終わったかと思った。

それまでもおぼろに自覚していた柊一への慕情が、実は恋心だったのだと理解したときにはもう、弘文の恋は終わっていたのだ。

柊一と自分は違うのだ、と思った。この恋が報われることは一生ないのだとも。

あの瞬間の、足元が崩壊していくような絶望感。柊一は無条件に自分の側にいてくれるのだと思い込んでいた自分の愚かさを思い知った。

柊一はいつか行ってしまう。自分以外の、別の誰かを伴って。自分が同性である以上、一生その傍らに寄り添い続けることなど不可能だ。

そんなことを、学生服に包まれた柊一の背中を見ながらぼんやりと思った。

今も、柊一は弘文を振り返らない。

柊一は無言で弘文に背を向けることで、全力で弘文を拒絶しているつもりなのかもしれない。だとしたら最初にいつも通り振る舞ってくれたのは、先週店に来るよう持ちかけたのが柊一の方だという自覚があったからだろうか。

(——……痛い)

ジャガイモはもうとっくに喉を過ぎ、胃の腑《ふ》へ落ちていったはずなのに、まだ胸の中心が鈍く痛んで弘文は眉根を寄せる。

なんだかこのまま、ジャガイモ入りの味噌汁が嫌いになってしまいそうだと思った。

ズ、と味噌汁を啜《すす》る控え目な音が店内に響く。

自分の作ったナス味噌炒め定食を、背後で弘文が黙々と食べている。時折自分に視線を送りながら、何か言いた気な雰囲気を漂わせて。

わかっているが、柊一は振り返らない。カウンターの中で、無意味に鍋など磨いて振り返れない。だって今弘文の顔を見たら、昨日弘文の部屋で目にした情景が脳裏に蘇るのは必至だ。弘文が、担当の倉重に組み敷かれていたあのシーンが。

（なんだったんだ、あれは……）

昨日から繰り返していた疑問がまたぞろ頭を過ぎった。二人して床に倒れ込んでいるのはともかく、なぜ倉重が半裸だったのかがさっぱりわからない。扉を開ける直前に聞いた、『痛い！』『大丈夫ですか先生！』という会話も気になる。

（一体何してたっていうんだよ……！）

自身の煩悶をぶつけるようにガシガシと鍋を洗いながら、柊一は歯嚙みをする。

弘文の顔を見たら、多分自分は昨日の一件について弘文を問い詰めてしまう。けれど弘文はそれに答えられないだろう。弘文が自分の仕事を隠している以上、担当である倉重との関係について説明することからして難しいのだ。そんなことはわかっている。わかっていても問い詰めたくなってしまうから、柊一は弘文に背を向ける。

しかし、それ以上に弘文を振り返れない理由が柊一にはあった。

柊一は肩口からこっそり弘文を盗み見る。弘文は伏目がちに肩を落として食事をしている。その細い指や華奢な首や薄い肩を見て、柊一は眉根を寄せた。

（アイツはそういうことを……される側の人間なのか……？）

ポルノ小説家と弘文。それがどうしても頭の中で繋がらなかったのは、弘文が女性を抱く姿が想像できなかったからだ。経験もなくあんなもの書けるわけがない、とも思っていた。

しかし、もしも弘文が、抱かれる立場の人間だったら……？

カァッと頬が赤くなり、柊一は慌てて手元の鍋に視線を戻した。幼馴染みに対して何を考えているのだと自分を罵倒《ばとう》してみるが、一度頬に集まった熱はなかなか引いてくれない。

柊一が弘文の顔をまともに見られない最大の原因は、これだ。弘文を見るとどうしてもこんな想像ばかりしてしまう。嫌でも弘文が大の男に組み敷かれる姿ばかり頭に浮かんでくる。それは冬木一の書く小説と完全に重なって、あの本に出てきた様々な女性の痴態がそのまま弘文の声と顔で再現されてしまう。

しかも、そうして読んでみるとあの小説を弘文が書いたということに対する違和感が、すっきりなくなってしまうのだ。

（ない！　あるわけねぇだろ、そんなこと！）

自分の想像を否定するように強く胸の中で言ってみるが、だったら昨日のあれはなんだったのだと冷静な自分が問いかける。

あの光景を見た瞬間、ああやっぱり、とどこかで思いはしなかったか。柊一自身だってずっと前から、主人公の社長よりはそれにつき従う控え目な秘書の方が弘文に近いと思っていたはずだ。

不器用に生きながら、でも芯《しん》は強く、借金にまみれても捨て鉢にはなりきらない小説のヒロインたちを、無意識に弘文と重ね合わせていなかったと自分は即答できるだろうか。いじめられっ子だった過去を持ちながら、ひねくれることも卑屈になることもなく、なんとか自分のペースで生きている弘文のひたむきな姿と似通っていると思ったことは。

（でも、だとしたら）

柊一は考える。考えてはいけないとわかっていながら。

もしもあの小説に出てくるヒロインたちが弘文自身を投影したものであるのならば。

（あいつも、手を伸ばして無理やり引き寄せたら、当たり前にこの胸に寄り添ってきたりするんだろうか……）

主人公の社長はいつだって強引にヒロインたちの手を引く。そうされると相手は大抵、蕩《とろ》け切った表情で社長の胸に凭れかかる。この腕の強さを待っていたのだと、幸福そうに、伸びやかに喘ぐ。

（——違う、物語と現実は別もんだ）

わかっている。柊一だってそれくらいのことは知っている。けれど頭で理解するのと感覚として受け入れるのは異なる。小説の内容とその作者の思想が丸ごと等しいわけはないことくらい承知しているが、それでも目の前にその作者がいれば、どうしても体の輪郭と文章がダブる。

だから弘文の顔を見ると、胸に引き寄せたらどんな顔をするんだろうとそんなことばかり考えてしまうのだ。あの控え目に笑う顔に、熱っぽく陶酔した表情が浮かんだりするのだろうかと――……。

（……俺は何を考えてる！）

鍋底を力強くたわしが走る。耳が赤く染まっていくのが自分でわかる。何も言わない自分を不審がって弘文がこちらを見ている気配がする。全部わかっているのにどうすることもできない。こんな調子では弘文を不安がらせてしまうことだって、ちゃんとわかっているのに。

（……何事だと思われてんだろうな、これは……）

柊一は背中の神経を張り巡らせて背後の気配を窺う。恐らくカウンターでは、弘文がボソボソとナス味噌炒めを口に運んでいることだろう。時折視線も感じる。けれどいつまでも振り返らない自分の背中に、弘文が何を感じ取っているのかまではわからない。

不機嫌だなんて思われたらたまらない。もともと弘文は神経が細いし、長いつき合いの自分にさえ気を遣う。こんなことで店から足が遠のいてしまうのは御免蒙りたいところだ。

自分の態度が事態を悪化させている自覚はあるのに、柊一は振り返れない。

弘文の顔を見ていかがわしい想像ばかりしてしまう自分に嫌気が差して、そんな想像のネタにされている幼馴染みに申し訳なくて、柊一は一心不乱に鍋を洗い続ける。闇雲に。

気がつけば、手の中の鍋は新品同様に磨き上げられていた。

駅前商店街の一角。小さな書店内を柊一がうろついている。その足取りが、非常に重い。もともと柊一はあまり書店にやってこない。小説はもちろん、小難しい専門書など手を伸ばしたこともないし、本を読むといったらコンビニで漫画雑誌を開くのがせいぜいだ。唯一興味を惹《ひ》く調理に関する本が大体家に揃っているせいもある。

柊一が時折書店に足を踏み入れるようになったのは、弘文が小説を書いていると知ってからだ。以来柊一は定期的に書店を訪れる。買い物の途中などにふと思い出し、弘文の新刊がないかどうかだけチェックして帰るのだ。

もう弘文の本は読まない方がいいのではないかと思っているのも事実なのだが、柊一の足は吸い寄せられるように書店のポルノ小説売り場に向かってしまう。

(気になっちまうもんは仕方がねぇ……)

柊一は自分に言い聞かせるように胸中で呟いて目当てのコーナーへ向かう。

今日は水曜で店は定休日だが、前回柊一がろくに口も利かなかったせいか弘文は来なかった。柊一もどんな顔をして弘文の部屋の扉を叩けばいいかわからず、ここ一週間店に来るよう誘いにすら行っていない。最近はこんな調子で現実の弘文とあまり顔を合わせていないだけに、ますますその動向が気になって書店に足を運んでしまった。

出版のサイクルをきちんと把握していない柊一は毎回気が向いたとき適当に書店へやってくるのだが、今回はちょうど新刊発売の直後だったようだ。冬木一の新作が平積みになっているのを発見して、ドキンと心臓が跳ね上がる。

胸も露わな劇画調の女性が描かれた表紙の本を手に取って、柊一はひとつ深呼吸をした。作者である弘文の人となりを知っているせいか、毎度のことながら他人の日記を盗み読みするような妙な気分になる。

後ろめたさを感じる自分を、これは全国的に出版されているものなのだから、と奮い立たせ柊一はパラパラとページをめくった。その表情が、段々と硬くなる。

(相変わらずスゲェもん書いてんな……)

普段の弘文からは想像もつかないハードなプレイの連続に、柊一は本気で目のやり場がわからなくなってくる。単なる活字の羅列なのに、紙面にその場の匂いや温度まで立ち上ってくるようだ。本当に未経験なのだとしたら、これはある種凄い才能かもしれない。

(それとも本当は、未経験者……じゃ、ないのか……?)

柊一は人知れず溜め息をつく。以前弘文に彼女はいないのかと尋ねたとき、本人にはっきりと否定され素直にそれを信じた柊一だが、あれは訊き方を間違えたのではないかと思う。

(……彼女はいなくても、彼氏がいる可能性はあるもんな……)

それはあり得る。重々あり得る。しかし、だとしたら、相手は一体誰だろう……？

（見た感じ、一日中部屋にこもってるみたいだが……。あいつの部屋に来るのも、担当の倉重くらいのもんで――……）

店の周りを掃除したり暖簾を上げ下げしたりするとき弘文の部屋の状況もチェックしている柊一は、そんなことを考えながらふと小説のページをめくる手を止めた。

（そういえばこの社長、なんとなくあの担当に雰囲気似てねぇか……？）

広い胸、長い脚、均整のとれた体に整った顔立ち。『お前、俺のことが好きなんだな？』なんて気障《きざ》な台詞も、あの甘いマスクで囁かれればいかにも様になりそうだ。

それ以前に前回弘文の部屋で、二人は折り重なるように床に横たわっていたではないか。あのときは、弘文が女性役なのではないか、という衝撃的な仮定に気をとられてそこまで深く追究しなかったが、つまりはそういうことなのだろうか。考えたくもない、むしろ考えないようにしていた事態が急浮上して、柊一の顔がどんどん青褪めていく。

さらに追い討ちをかけたのが、今柊一が手にしている冬木一の新作だ。

柊一が、作中で一番弘文に近いと思っていた社長秘書が、なんだか社長といい雰囲気になってきている。これまでシリーズ全作に出演してきたものの、一度も社長の毒牙《どくが》にかかってこなかったあの控え目でちょっと不器用な秘書が。それは取りも直さず、現実の弘文と倉重の仲が発展している様子を髣髴《ほうふつ》とさせ、柊一は勢いよく本を閉じた。

（……っ冗談じゃねぇぞ！）

自分でも何に対してなのかよくわからない怒りが湧《わ》き上がってきて、柊一は乱暴に本を棚に戻した。そのまま体を反転させ、大股で書店を出る。

（なんで俺ひとりがこんなにやきもきしなくちゃいけねぇんだ！）

理不尽な苛立《いらだ》ちを感じ、柊一は夕暮れの商店街を歩く。

これというのも全部、弘文が自分に妙な隠し事なんてしたせいだ。別に自分は弘文がポルノ小説家だからって、妙な目で見るようなことはしないのに。意外に根性あるじゃねぇか、と笑い飛ばすことくらいしてやれるのに。

それとも、その程度のことで自分は弘文から離れていくような、薄情な人間だとでも思われていたのだろうか。

（——……ふざけんなよ）

すれ違う人が思わず振り返るような険しい表情で柊一は足早に歩き続ける。

こんなときにどうしてか、七年前のことを思い出した。自分になんの相談もなく上京を決め、あっさりと傍らからいなくなってしまった弘文の姿を。

あの当時、弘文が何かに思い悩んでいたのはなんとなくわかっていた。けれど、いずれ自分にその内容を打ち明けてくれるだろうと、柊一は鷹揚に構えていたのだ。子供の頃から困り果てると、最後は柊一に泣きついてくるのが弘文の常だったから。

しかし弘文は、最後まで柊一に相談を持ちかけることなく姿を消した。結局何も解決していないだろう沈痛な面持ちのまま、柊一の元から去っていった。

そうして弘文がいなくなってから柊一は、どうして相談してくれなかった、と思う以上に、どうして自分から訊かなかった、と己自身をひどく詰《なじ》った。

あのとき自分はわかっていたはずなのに。弘文が何か言いた気な顔でこちらを見ていたのも、知っていたのに——……。

あれと同じ気分を味わうのは、二度と御免だ。

（もういい加減、仕事のことも担当とのことも全部洗いざらい話してもらうからな！）

半ば怒りに我を失った状態で柊一は弘文の部屋へ急ぐ。

もしも柊一の質問に対して弘文が言い淀《よど》んだら、今度こそ言ってやるつもりだった。その程度のことでお前に対する見方が変わるわけもないだろうと。

見くびるなよ、と、相変わらず自分でも何に苛立っているのかよくわからないまま思った。

カタカタとキーボードを叩きながらパソコンの横に置いたマグカップに手を伸ばす。口元に持っていって初めて中が空だと気づき、弘文は久方ぶりに時計を見上げた。

（いつの間にこんな時間に……）

窓の外はもうすっかり日が落ちている。部屋の中には明かりがついておらず、パソコンの光だけが光源となって薄暗かった。

弘文は立ち上がって部屋の明かりをつけると、マグカップを手にキッチンへ向かう。新しく茶を淹《い》れるべく電気ケトルに水を張りながら、大分集中できるようになってきた、とそっと胸を撫で下ろした。

主人公の社長を柊一から倉重に変えたことで、最近なんとか執筆ペースが戻ってきた。いや、それどころかむしろ以前より上がっているかもしれない。

（……仕事中は、余計なこと考えなくて済むしな……）

ケトルの中でグラグラと水が沸騰するのを見守りながら、弘文はぼんやりと瞬きをした。

先週、定休日のアラヤに昼食を食べに行って以来、柊一と顔を合わせていない。以前はアラヤで夕食をとることもあったのだが、柊一に頑《かたく》なに背を向けられてからというもの、店を訪れる気力を奪われてしまった気分だった。

自分を否定された、拒絶されたと思ったら、もう自分から柊一に会いに行くことなんてできない。けれど、柊一が自分を訪ねてきてくれることも、きっともうないのだろう。

（……引っ越し、しようかな……）

ケトルの水がすっかり沸騰して、パチン、とスイッチの上がる音がした。弘文はカップに湯を注ぐのも忘れ立ち上る湯気を見詰めながら、案外いいかもしれない、と思った。

もともと自分はこの町に帰ってくるつもりなんて毛頭なかったのだ。ただ、生家が取り壊されると聞いて、最後に思い出の家を目に焼きつけておくつもりで帰省したに過ぎない。けれどあのとき偶然柊一に会ってしまったから、温かい声で『お帰り』と言われてしまったから、それで予定外に越してきてしまった。七年のブランクなんて吹き飛ばして弘文の恋心を再燃させた柊一の言葉を、否定することなんてできなかった。ただ、それだけのことだ。

仕事ならどこでもできる。アパートの隣室に住んでいる人の顔も知らない東京の暮らしは少々淋しいが、常に隣近所の目を気にして生活するより楽なのも事実だ。

(戻ろうかなぁ……)

誰からも干渉されないあの生活に。

傍らに柊一のいない、あの日々に。

この状況よりマシだ、と思ったとき、玄関先でチャイムが鳴った。その音で我に返り、弘文は慌てて玄関へ向かう。今日は夕方に倉重が来ることになっていた。なんでも別件でこちらに来る用事があって、そのついでに顔を見せてくれるという。

『また前のモデルの人が頭に蘇らないように、早目の対策です』

電話口でそう言ってくれた倉重の朗らかな声を思い出し、弘文の口の端を笑みが掠める。倉重には世話になりっぱなしだから、いつか仕事以外でも礼をしようと思いながら。

だから弘文は無防備に玄関の戸を開けた。親しい人を迎える柔らかな表情で。

それが、ドアの向こうに立つ人物を見た瞬間、凍りついた。

そこに立っていたのは、柊一だ。

「し……柊――……」

名前を呼ぼうとした弘文の声は尻窄《しりすぼ》みになって途中で完全に途切れる。柊一が、かつてないほど凶悪な面相でこちらを睨んできたせいだ。

普段はあまり感情を露わにしない柊一なのに、明らかな怒りを含んだ表情に弘文はたじろぐ。柊一の方から会いにきてくれて嬉しいはずなのに、こんな顔をされるとさすがに怯《ひる》んでしまいそうだ。

玄関先に立って、柊一はこちらを見下ろしたまま何も言わない。ただ、何かひどくもどかし気な、苛立ったような複雑な表情で食い入るように弘文を見て動かない。対する弘文も柊一の真意が摑めずオロオロとその場に立ち竦むばかりだ。

そのまま延々と沈黙が続くのではないかと思った矢先、アパートの狭い廊下に不似合いな華やかな声が響き渡った。

「あ、先生！　すみません、遅くなっちゃって」

堂々とした声の主はもちろん倉重で、弘文はその場に飛び上がった。

だって目の前には柊一がいるのに、先生なんて呼ばれたら後でどんな説明を求められるかわかったものではない。

弘文は軽やかな足取りで部屋の前にやってくる倉重に、身振り手振りで「黙っていてください」と伝えてみるが、どうやら倉重にはさっぱり伝わらなかったようだ。

「あれ、どうしたんですか先生？」

「うわっ！　だから、ちょっ……！」

柊一の隣に立ってなお自分を先生と呼ぶ倉重に、弘文は目顔で柊一を指した。わかってくれ！　と必死の表情で。

そこでやっと弘文の行動の意味に気がついたのだろう。倉重が不思議そうに弘文と柊一の顔を交合に見遣る。とりあえずこちらの意図は通じたらしいと弘文が胸を撫で下ろしたのも束《つか》の間《ま》。倉重は、弘文が予想だにしていなかった台詞を吐いた。

「あれ、だって……こちらの方、先生のお知り合いですよね？　前にここで……ねぇ？」

言いながら、倉重が柊一の顔を覗き込む。その初対面とは思えない仕種に、弘文の心臓がギュウッと縮み上がった。妙な予感、いや、不安だろうか、とにかく嫌な感じが胸の中一杯に広がり、それが肺を圧迫して、呼吸すら危うくなってしまいそうだ。

弘文は息を詰めて柊一の反応を見守る。柊一は顔を弘文の方に向けたまま倉重を一瞥《いちべつ》すると、遠くで鳴る雷鳴のように低い声で、こう言った。

「……締め切りは破っちゃいけないだろう、冬木先生」

弘文の喉がヒュッと音を立てる。柊一は無表情のまま、それきり口を閉ざしてしまった。

（い……いつから――……）

尋ねたかったが声も出ない。ただ、柊一が今まで見たこともなかったような深刻な顔でこちらを見詰めてくるのが、とても恐い。

（ああ、だから――……）

爪先《つまさき》から力が抜けていく。血が冷えていくようだ。足元から凍りついて、あっという間に冷気が喉元まで迫ってくる。息ができない。

（だから、急に態度が変わったんだ）

柊一は、きっと弘文がポルノ小説家『冬木一』であることを知ってしまったのだ。それで弘文に背を向け、ここにもやってこなくなっていたのだ。

しかしだとしたら、今日ここへ来た理由はなんだろう。柊一にこんな、責めるような目で見られる理由はなんだ。

は、と弘文の唇から短い息が漏れる。

（……まさか、主人公のモデルが自分だって、気づいて――……？）

いや、それどころか、小説に弘文自身の願望を重ねていたことすら勘づいてしまったのかもしれない。そういえば新刊の発売日は今日だ。新刊では、社長秘書が初めて社長に想いを打ち明けている。

あの原稿を書いたのは、ちょうどこの町に戻った頃だ。それで自分はもしかすると、長く封印していた想いを柊一本人に伝えたくなったのかもしれない。けれど現実にそんなことはできないから、無自覚に小説の登場人物たちに想いを託してしまったのかもしれない。それを、柊一も感じ取ってしまった？　だとしたら、ここへ来た理由は。

（……ふざけるなって……？）

男に好かれるなんて冗談じゃないと、そう告げにきたとでもいうのか。

まさか、と思うより、やっぱり、と思ってしまって、次の瞬間、弘文は猛然と腕を伸ばし、倉重のスーツの裾を摑んで引き寄せた。

まったく身構えていなかったのだろう倉重がつんのめるようにして玄関先に入ってくる。その体を反転させて柊一の方に向けさせると、弘文は無言のまま倉重の大きな背中の後ろに隠れてしまった。

「え、ええと……あの？」

先生？　と呼びかけてくる倉重に弘文は応えず、ただひたすら黙り込む。玄関の向こうに立っている柊一からはなんの反応もない。倉重のうろたえたような気配だけがその場に漂う。だが、やがて何かを割り切ったのか、倉重はひとつ深呼吸をすると自ら一歩踏み出して柊一の前に立った。

「……失礼ですが、ここはお引き取りいただけますか」

倉重の声から親しさが抜け落ち、バタンと玄関の扉が閉まる音がした。ビジネスライクに対応してくれた倉重がありがたくて、視界から柊一が消えたことにホッとして、弘文はその場にズルズルと座り込んでしまった。

「ちょ、先生！　一体どうしたっていうんですか！」

いつもの調子に戻った倉重に慌てたように体を支えられ、弘文はその場に膝をつきながら倉重を見上げて言った。

「……手伝ってください……」

「え、何をです？」

きょとんとした倉重の顔。その後ろの玄関の扉。厚いスチールの戸の向こうには、きっとまだ柊一が立っている。

その姿を想像した途端、体の奥から弾けるように声が出た。

「荷造りです！」

もうこの場所にはいられない。心の底から、そう思った。


平常心を失った弘文が倉重相手に荷造りを手伝えと喚《わめ》いていたその頃。

玄関の向こうでは、柊一が棒立ちになって閉ざされたばかりの戸を見ていた。

（……あの顔……）

倉重の背後に隠れる直前に見た弘文の顔を思い出したら、指先一本動かせなくなった。ドアの前で直立したまま、記憶だけが過去に巻き戻る。

あれは確か、高校三年の夏。

柊一に初めて彼女ができた。二年のとき同じクラスだった女子で、ふわふわと柔らかく揺れる長い髪と細い手足が自慢の、結構可愛い娘《こ》だったように記憶している。

柊一は別段その元クラスメートが好きだったわけでもなんでもないが、告白されて嬉しくないはずもなく、つき合って欲しいという誘いに素直に乗った。

『ヒロ、悪いけど今日は先に帰ってもらっていいか』

弘文とは高校時代ずっと同じクラスで、登下校はいつも一緒だったけれど、そのときばかりはさすがにつき合い始めの彼女を優先させた。

弘文は少し戸惑ったような顔で、どうして、と首を傾げて、照れくさい気持ち半分、自慢したいような気持ち半分で柊一は答えた。

『……彼女ができたんだ』

――……あのとき見た弘文の顔を、唐突に思い出した。

弘文の顔から一切の表情が抜け落ちる。頬が紙のように白くなって、人形みたいになった。それこそつついたら簡単にガラガラと崩れてしまう土人形のようで、柊一は声を出すどころか上手く息をすることさえできなくなる。

多少驚くかもしれないとは思っていたが、弘文の反応は柊一の想像をはるかに超えていた。親友に先を越されたのがそんなにショックか？　と冗談を言う余裕すら失うくらい。

教室内には自分と弘文しかいなくて、隣の教室からもほとんど物音がしなくて、沈黙の中、悩んで悩んで、柊一はなんとか言葉を紡ぎ出した。

『そんな顔すんな。俺しか友達がいないってわけじゃないだろ……?』

弘文が瞬きをする。それでやっと我に返ったのか、弘文は緩く笑って、そうだね、と言った。頬は相変わらず、びっくりするくらい白いままだった。

(あのときと、同じ顔だ……)

記憶が逆流する。あのときの空気や風や、様々な感情が蘇る。

フォローのつもりで口にした言葉は、逆に弘文を追い詰めてしまったようで、柊一は慌てて別の話題を探した。なんでもいい、弘文の横顔に浮いた、傷ついた笑みを消したかった。

『お前は好きな奴とか、いないのか?』

すでに視線を落としかけていた弘文はその言葉で再び目を上げ、正面から柊一を見て小さく笑った。傷ついた笑みを拭《ぬぐ》ってやりたかったのに、浮かんだそれはさっきよりもっと痛々しいもので見ていられない。思わず弘文から目を逸らした柊一の耳に、ひっそりとした声が忍び寄る。

『さぁ……どうだろう——……』

囁く声音に恐る恐る視線を戻すと、弘文はもう自分を見ておらず、随分と遠い瞳《ひとみ》で窓の外を見遣っていた。柊一はそれ以上なんと声をかければいいのかわからず、成す術もなく弘文に背を向けた。弘文の言葉の意味を吟味することもしないまま。

（さぁ、どうだろう……）

蘇った言葉は随分と生々しく耳の奥で響いて、柊一はそれを胸中で繰り返す。つい最近、同じ台詞を耳にした記憶があった。

そうだ、あれは夜の川原で、弘文が倉重と締め切りから逃げていたときのことだ。

好きな奴はいないのかと尋ねた柊一に、どうだろう、と返した弘文。

（いや……違う、もっと最近だ）

思わず目を瞑って指先で額に触れる。瞬間、目の奥の闇に活字が浮き上がった。

（――……小説）

思い出して柊一は目を見開く。ここへ来る直前に見た弘文の新刊にも、同じ台詞があった。

主人公の金融会社社長が、からかい半分で秘書に声をかける。

『仕事ばっかりしてねぇで男遊びもしろよ。お前、好きな奴なんていないのか』

秘書は書類の整理をしながら淡々と答える。

『さぁ、どうでしょう』

でもその手元はひどく狂って、社長に向けられた横顔は赤くて、好きな奴はいないのかと、そう尋ねてくる社長本人に恋心を抱いているのは明白で――……。

「え――……」

柊一の口から、短い声が漏れた。横顔に、驚愕の表情がにじむ。

（……そういう、意味か……？）

驚きすぎて息が途切れた。一方で、まさか、とも思った。小説とその作者が、常にイコールで繋がるわけもないのだ。考えすぎだと。

そうだ、まさかそんなことあるわけが――……。

（あぁ、あのときも）

俄《にわ》かに柊一の口の中に苦いものが広がる。

初めて彼女ができたと弘文に打ち明けたとき、あのときの弘文の態度も異常だった。それで自分は、何かを察した。けれど、まさか、とその可能性を切って捨てたのだ。

まさか、そんなわけはない、単なる自分の思い違いだ。明日になれば弘文はいつも通りになる。本当に何かあるのなら――言ってくれるはずだ。

大丈夫だ、と自身に言い聞かせた。けれどその日を境に、弘文は自分と距離をおくようになっていった。それでもまだ、その気になればいつだって聞き出せると気楽に構えていた。

あの頃の自分は、弘文を問い詰めることで自分たちの関係が変わってしまうのではないかとそんなことに怯えていたのだ。これまでの関係が、あまりに居心地よかったものだから。

話を聞くのなんていつだっていいじゃないか、と思っていた。弘文はいつも自分の傍らにいるのだから。自分から離れていくことなどないのだから。

そう思っていた。確信に近い強さで思っていたのに。

彼女ができたと報告して、まっさらな無表情で見上げられたその半年後、弘文はなんの前触れもなく自分の前から姿を消した。

そして今、自分を見上げた弘文の顔は――当時とまったく、同じだった。


「先生……本当に引っ越しするんですか?」

「します! 今日中に荷物をまとめます!」

小さなタンスから下着や洋服を引っ張り出しながら、弘文が興奮した口調で答える。それを玄関先で、倉重が困ったように見ていた。

「まとめるったって先生……ダンボールもないのに……」

「ビニール袋にでも詰めていけばいいんです!」

とにかくここにはいられないと必死になって荷造りを続ける弘文は、その実部屋の中を引っ掻き回しているだけでなんの作業もできていないことに気づかず歩き回る。

どうやって宥《なだ》めればいいのかわからない、とでも言いた気に倉重が後ろ頭を掻いて、そののんきな仕種に弘文が「手伝ってください!」と重ねて要求しようとしたとき。

ドン! と、玄関の戸が外から力一杯叩かれた。

室内の弘文と倉重は瞬間的に硬直して顔を見合わせる。直後、またしてもドン! とドアを叩かれた。そこからはもう待ったなしで、ひっきりなしにドアが叩かれる。いや、殴られる、という方が表現としては近そうだ。

ドン！　ドン！　ドゴン！　と段々激しくなってくる音に、倉重が怯えたような視線を弘文に送ってきた。

「せ、先生、もしかしてこれ、さっきのあの人が……」

「あ、開けないでくださいよ！」

「で、でもこの音、確実に手で叩いてないですよ！　足で思いっきり蹴り上げてますよ！」

ゴォン！　と一際大きな音がして、玄関の戸が大きく揺れた。下手をすると重いスチールの扉に凹《へこ》みができてしまいそうだ。

弘文と倉重は、音がやむまで大人しくしていようと息を潜めて時が過ぎるのを待つ。が、外から戸を蹴る音はなかなかやまない。それどころかますます大きくなる一方だ。

隣近所の迷惑も顧みず力一杯戸を蹴り上げる音とプレッシャーに先に耐えきれなくなったのは、倉重の方だ。

「も…っ…もう、開けますよ！　ちゃんと話し合ってください！」

「えっ！　ちょ、や、やめてくださ――…っ…」

弘文が言い切る前にガチャリと玄関の鍵が開けられる。同時に、とんでもない勢いで外から戸が開いて、その向こうから、鬼の形相をした柊一が現れた。

倉重が喉の奥から引きつれたような高い悲鳴を上げる。弘文も、もう一息で同じような声を上げるところだった。

現れた柊一は本当に、悪鬼のごとく凶悪な面相をしていた。背後からゆらゆらと立ち上る怒気が形になって見えてきそうだ。

「ままま、待ってください、何があったか知りませんが、落ち着いて、話し合いを…っ…！」

自分が戸を開けた負い目があるからか、逃げ腰ながらも倉重が柊一をとりなそうとする。が、柊一は無言のまま倉重の襟首を掴むと問答無用で部屋の外へ放り出してしまった。

「心配しなくても話し合いだ」

「ほほ、本当ですか⁉　し、信じても……？」

廊下に出た倉重が追いすがるように尋ねると、柊一はしっかりと頷いてみせた。

「……知ってんだろ、俺とこいつの仲は悪かねぇ」

ほとんど聞き取れないくらい低い声で倉重に向かって言い放ち、柊一が乱暴にドアを閉める。一体どこで柊一と倉重が知り合いになったのかは知らないが、倉重は柊一の言葉を信じることにしたらしい。しばらくは廊下から室内の様子を窺っていたようだが、中から不穏な声や物音が聞こえてこないことを確認したのか、やがてその気配もドアの外から消えた。

だが、しかし。振り返った柊一の面相を見た弘文は平静でいられない。柊一は今にも弘文に食ってかかってきそうな勢いで、それはもう、比喩でもなんでもなく本気で喉元に噛みついてきそうで、恐ろしいことこの上なかった。

いきなり柊一と狭い室内で二人きりになって、弘文はかける言葉も見当たらず手にした衣類の山をウロウロと動かす。すると、靴を脱ぐなり大股で弘文の側までやってきた柊一が、弘文の肩を乱暴に摑んだ。

柊一の指の力は強い。水で晒《さら》したサツマイモや骨のついた肉や、硬い物を切ったり砕いたりするその手は弘文の細い肩など容易に摑んで押し潰してしまおうとする。

壁際に追い詰められ、痛い、と眉《まゆ》を顰《ひそ》めようとしたら、弘文の顔を間近から覗き込んだ柊一がひどく抑えた声音で言った。

「お前、またどこかに行こうとしてただろう……！」

弘文が抱える衣服と、荒れた部屋を見てそう判断したらしい。実際その通りだから弘文が何も言えずにいると、苛立ったように柊一に肩を揺さぶられた。

「なんで黙ってんだ、なんとか言えよ、なんでまたここからいなくなろうとする」

段々と早くなっていく口調。肩を摑む手に力がこもる。

痛い。けれど、それ以上に熱い。

こんなときまですぐ側にある柊一の体温に反応してしまいそうになる自分が嫌で、弘文は唇を嚙んで柊一から体ごと顔を背けようとした。途端にもう一方の肩も柊一に摑まれ、弘文は半ば無理やり柊一と向かい合わせにされてしまう。

今度こそ、痛い、と抗議の声を上げようと柊一を見上げたら、それを妨げるように柊一がきつい口調で言った。

「お前、俺のことが好きなんだな！」

「…っ…！」

突然本心を言い当てられ、弘文の心臓が竦み上がる。が、次の瞬間それが自分の書いた小説の主人公の決め台詞だと気づいて、弘文はクシャッと顔を歪めた。

ただ責めるだけでは飽き足らず、小説の台詞まで使って当てこするつもりか。

弘文は手にしていた服を床に放り出して柊一の手を振り払おうとする。もうこれ以上柊一の険しい視線に晒されるのは耐えられない。しかし柊一は弘文の抵抗など意にも介さず、それどころか前より強く肩を摑んで自分の方に引き寄せた。

「もう、『さぁどうでしょう』なんて言葉じゃごまかされてやらねぇぞ……！」

さぁ、どうでしょう。それは小説に出てくる秘書の台詞だ。

（ああ、もう新刊、読んだんだ——……）

弘文は柊一を見上げる。表情も上手く作れないまま。

（気がついたんだ、主人公のモデルが柊ちゃんなのも、僕の気持ちも……）

気づかれてしまった。これまでひた隠しにしてきたのに。

柊一が好きだった。

もうずっと前から、多分、自覚する前から、長く長く好きだった。

最初は側にいられればそれだけで幸福だったのに、いつから自分は振り返ってもらいたいなんて欲張りなことを考えるようになったのだろう。柊一の側に自分以外の誰かが立つのを見ていられないなんて心の狭いことを考えるようになったのだろう。

でも好きだったのだ。どうしようもなく、好きだった。

「答えろ！　俺のことが好きなんだろう⁉」

小説の台詞。柊一はきっと、弘文がポルノ小説家であることも、自分が勝手にモデルにされていることも、そんな弘文に恋い慕われていることも、全部気に入らないのだろう。

弘文の両目からボロッと涙が落ちる。柊一の驚いたような顔は一瞬で濁って溶け、弘文は自暴自棄な笑みをこぼした。

「今更気づくなんて、遅すぎます――……」

柊一を真似て、小説の登場人物の台詞を借りた。これは社長の秘書の台詞だ。

胸から迫り上がってくるものを必死で飲み込み、嗚咽《おえつ》を嘲笑に換えて弘文は考える。

柊一は読んだだろうか。柊一をモデルにした主人公が、秘書の肩を抱き寄せるシーンを。はにかんで幸福そうに笑う、自分とは似ても似つかない、けれど自分の願望を一身に背負った秘書の姿を。

（現実には、そんなふうになるわけもないのに――……）

本格的に嗚咽が出てきて、弘文は両手で顔を覆おうとする。その手を、いきなり柊一に掴まれた。両手首が顔の両脇で壁に押しつけられる。まだ涙で濁った視界の中、柊一の表情は見えない。

「柊ちゃ――……」

名前を呼ぼうとしたら、途中で何か柔らかいものに口を塞がれた。

（え）

弘文は目を見開く。柊一の顔が近い。もう一度名前を呼ぼうと薄く唇を開いたら、そこからぬるりと何かが割り込んでくる。

（こ、こ、これ……）

唇が圧迫される。逃げようとする舌が搦め捕られ、柊一の呼吸の音が聞こえる。

（これ……キスっていうんじゃ――……）

もう、何十回、何百回となく小説の中で書いてきた、でも実際には一度も経験したことのなかった行為だ。

驚きのあまり口内を蹂躙《じゆうりん》する柊一の舌になんの反応も返せず、弘文はされるがまま立ち竦む。頭の片隅で、こんなシーン新刊の小説にあったっけ、と思いながら。

しばらくしてようやく柊一の唇が離れたときも、弘文はろくろく動けない。目を見開いて言葉もなく柊一を見上げると、やけに苦々しい顔をした柊一が突然弘文を抱きしめてきた。

グッと弘文の喉が鳴る。あまりの強さに肺の空気が全部出てしまったかと思った。だから弘文は一瞬、柊一から何某かの攻撃でも受けた気分になる。格闘技のことはよくわからないが、こういう技もあったろうかと。羽交い締めとか、さば折りとか……？

そうこうしている間にも柊一の腕は格段に力を強め、ギリギリと締め上げられながら弘文が苦しい息を吐くと、耳元で柊一が呻くように言った。

「……悪かった！　俺も好きだ……！」

弘文は柊一の腕の中で目を瞬かせる。

その台詞は、多分、小説には……ない。

「えっ」

やっとのことで何か妙だと弘文が気づき始めたとき、柊一が万力のように強く締め上げていた腕を緩め弘文の顔を覗き込んできた。

その顔に、憤った表情は最早ない。代わりにかつて見たことがないほどうろたえたような、弱り切った顔の柊一がそこにいた。

「またお前がいなくなるのかと思ったら、今度こそ本当にもう駄目だ、勘弁しろ……！」

「え、あの、でも……」

「七年前も死ぬほど後悔したんだ！　また同じ目に遭わせる気か！」

弘文はまだ混乱から醒《さ》めない。柊一は、自分を好きだと言った。でもそれは、自分が思っているのと同じ意味なのだろうか。

予想もしていなかった展開に動揺して、弘文は頬に残った涙を拭うことも忘れたただ柊一を見上げる。

「でも、僕は男だ……」

弘文が呆然とそれだけ呟くと、柊一はわずかに言葉を詰まらせ、憮然とした声音で「わかってる」と言った。

「わかっちゃいるが……。……俺もどうして男のお前相手にこういう気分になるのか、よくわからん……」

言葉と共に、今度は柔らかく抱きしめられた。そうされると、先程は強すぎてよくわからなかった柊一の胸の広さや、腕の長さや、首筋の逞しさが全身で感じられて、急速に弘文の心拍数が加速する。鼻先をくすぐる柊一の項《うなじ》の匂いに眩暈《めまい》がしそうだ。

「……わからんが、お前のことはどうしても手放したくねぇ。こういうのを、好きって言うんじゃないのか……？」

言葉を探しながら途切れ途切れに呟いて、俺だってよくわからねぇよ、と言いながら柊一が弘文の髪に頬を押しつけてくる。

弘文の心臓が極限まで速く脈を打つ。自分の周りで起きていることが信じられなくて、目の前が真っ白になる。倒れてしまいそうだ。

それでいて、まだ冷静な自分がひっそりと囁きかけてくる。考えたくもないことを。

(でもそれは、同情の横滑りかもしれない。行きすぎた友情かもしれない。恋じゃないかもしれない……)

現に柊一はまだ自分の気持ちが整理できていないようだ。それなのに、今すぐ荷物をまとめて行方をくらませてやるなんて強迫めいた行動に弘文が出たから、弘文を引き止めるために一時的にそういう気分になってしまっただけかもしれない。

(でも、一時的でも、そこまでして引き止めようとしてくれたのなら……嬉しい……)

またじわじわと目元に涙が浮かんできて、弘文は柊一の肩口で鼻にかかった声を出した。

「い……いいんだ、僕は……柊ちゃんがそうやって引き止めてくれただけで、十分……。無理に、好きだなんて言ってくれなくても——……」

「無理なんかしてねぇよ」

「と、友達として側にいてくれれば、それだけで……」

「……なんでそっちにいっちまうんだ?」

柊一が口をへの字にして弘文の顔を覗き込んでくる。昔から何度も見てきた顔なのに、間近で見詰められると今日は一際反応してしまいそうで慌てて目を逸らそうとしたら、それを見越したように柊一が顔を近づけてきた。

鼻先もつきそうな近距離で、柊一が不満気に言い放つ。

「言い方が悪かったんなら言い直す。なんでお前相手にこんな気分になるのかはわからんが、好きなもんは間違いねぇ。だってあの担当とお前ができてるんじゃないかと思ったとき、俺は噛み締めた奥歯が砕けるくらい腹が立ったんだぞ」

「く、倉重さんと……?」

まさか、と笑い飛ばそうとしたが、柊一が真剣な顔をしているものだからそれもできない。

「……嫉妬《しっと》っていうんじゃねぇのか、こういうの」

問われても弘文には答えようがない。黙り込んでいると、さらに柊一の顔が近づいた。

「キスも、嫌じゃなかったしな……?」

お前男なのにな、としみじみと呟かれ、そういえばさっき柊一とキスをしたのだと思い出したら今更のように動悸《どうき》が激しくなった。もう本当に柊一の顔を見ていられなくなってギュッと目を閉じると、同時に柔らかな何かが唇に触れた。

目を見開くと、さっきよりもっと近くに柊一の顔があった。触れるだけのキスをして、ゆっくりと離れていく。

今度は先程より、キスをしたという自覚がきちんと残った。だから弘文は一杯まで目を見開いて硬直する。頬だけでなく、耳も、額も、首筋まで赤くなっていくのが自分でもわかる。

対する柊一は、ちょっと目を離した隙《すき》にガチガチに固まって赤面する弘文を見てギョッとしたようだ。何事だ、と弘文の前髪をかき上げてくる。

「おい、なんだそりゃ、どういう反応だよ」

「だ、だって、急に……」

「だからってお前、なんでそんなおぼこい反応を——……」

そこまで言って、ふいに柊一の言葉が途切れた。なんだろう、と恐る恐る視線を上げると、柊一がやけに思案気な顔でこちらを見ている。

「……まさかお前……いや、まさかとは思うが……」

柊一の表情が険しい。口ごもって、何度も言葉を飲み込んでいる。一体何を言われるのだろうと弘文がビクビクしていると、柊一は大分逡巡《しゅんじゅん》してから、ゆっくりと口を開いた。

「………まさかさっきの、初めてだったとか、言わないよな？」

まさかな？と念を押され、カァッと弘文の顔が赤くなる。前より一層、隠しようもないくらい。それは言外に柊一の言葉を肯定することになり、目の前で柊一が息を飲む。

「そ、そんなに、驚かなくても…っ…！」

「いや、だってお前、あんな小説書いてるのに——……？」

一番触れられたくなかった話題に触れられて、弘文は柊一の腕の中でじたばたと暴れる。

「だから、だから知られたくなかったんだ……！　どうせ知らないよ！　全部想像だよ！」

「想像なのか？　あれで？　——キスも？」

「…っ…そ……そうだよ！」

もうヤケクソになって叫ぶと、いきなり柊一に頭突きをされた。

痛っ、と小さく声を上げた弘文の額に、柊一の額が押しつけられる。柊一は目を閉じて、深く息を吐いた。

「……どうする、ヒロ」

唇に息がかかる。ヒロ、と、学生時代に呼ばれていたのと同じ呼び方をされ、弘文の心臓が飛び上がる。柊一と離れて暮らしていた空白の七年間がどんどん圧縮されていく。

柊一は、弘文と額を合わせたままゆっくりと瞼を開いた。

「さっきのがお前の初めてのキスだって知って、俺はとんでもなく嬉しいぞ」

柊一が唇の端を持ち上げる。悪戯っぽい、わずかに口元を掠める程度のそれは学生時代と違い野性味があって、目が逸らせない。

ヒロ、ともう一度名前を呼ばれる。柊一の顔が再び近づいてくる。

「……好きだ」

囁かれて、息が止まった。同時に唇を塞がれる。今度はすぐに離れず、けれど性急に舌先で唇をこじ開けられることもなく、繰り返し角度を変えて唇を重ねられた。

「し……柊……」

深く咬《か》み合わせるようなキスではないので、唇を重ねたまま名前を呼ぶこともできる。小説の中ではいつも息もできないほどガツガツした、噛みつくようなキスばかり書いてきた。こういうキスもあるのかと、混乱する頭の片隅で考える。

「さっきは初めてだったのに舌まで突っ込んで、悪かったな」

互いの唇を触れ合わせたまま柊一が囁く。声には吐息が含まれていて、艶っぽい。

「……今度はゆっくりいくか」

もうトロンとした目をしている弘文に苦笑して、柊一が再び唇を重ねてくる。腰を抱き寄せられ、弘文は腰が砕けてしまいそうになった。

(し……心臓、が……)

キスがどんなものなのか想像もできなかった頃、唇に柔らかな皮膚が当たるだけでそんなに気持ちいいのだろうかと疑問に思ったこともあったが、そういうことじゃなかったんだと体験してみてやっとわかった。

(ち……近、い……っ…)

相手との距離が近い。抱き寄せられるとほとんど隙間がなくなってしまう。頰に柊一の息がかかる。息遣いが聞こえる。合わせた胸から、引き寄せられた背中から、柊一の体温が伝わってくる。

柊一とは小学生のときからのつき合いなのに、こんなに近くで、体中で体温を感じたのは初めてで、弘文の体は芯《しん》から蕩けてしまいそうになる。

（……なんだろう、これ……）

唇の隙間から、熱い溜め息が漏れた。柊一がキスの角度を変えるだけで、肌の下から幸福感がにじみ出してくる。関節という関節が緩んで立っていられそうもない。

ズル、と背中が壁を擦《こす》って座り込んでしまいそうになったら、柊一の力強い腕がそれを引き止めた。腰と背に回された腕で体全体を引き上げられ、ゆっくりと唇が離れる。

震える瞼を上げて柊一を見上げると、柊一はどこか神妙な面持ちで弘文を見下ろし、ぽつりと呟いた。

「……なんだろうな、これは」

直前に弘文が胸中で呟いたのと同じようなことを言う。よく見ると、浅黒く日に焼けた柊一の頬がわずかに、赤い。

「……思いっきりお前に頬擦りして、頭からバリバリ食っちまいたいような気分だ」

「な……それ……どういう――……」

「食っちまいてぇ」

言葉と共にべろりと唇を舐《な》められる。柊一の声は低い。目の前で腹を空かせた虎《とら》に唸られ、舌なめずりされている気分だ。背中にゾクリと震えが走った。それなのに。

（なんで怖いより、嬉しいんだろう……）

もしかすると脳みそが茹《ゆ》だってしまったのかもしれない。

弘文はそろそろと指を伸ばし、自分を抱きしめる柊一の腕に触れる。

「……柊ちゃん、なら……」

酩酊《めいてい》したように頭に霞《かすみ》がかかって、言葉はするりと口からこぼれた。

「食べられても、いい」

言いながら、ギュッと柊一のシャツの袖口を握り締めた。柊一が軽く目を見開いて、弘文の本心を探るようにジッと瞳を覗き込まれる。

ややあって、柊一の唇から長い溜め息が漏れた。

「……お前な……人の気も知らねぇで……」

今度こそ本当に呻くように言ったと思ったら、いきなり柊一に抱き上げられた。背中と腰に腕を回された状態で、前触れもなく爪先が床から浮き上がる。

「うわっ……!? し、柊…っ…」

「お前が初めてだって言うから、今日はどこでやめてやろうか悩んでたんだぞ、俺は」

それなのにお前……などとぶつぶつ言いながら、柊一は弘文を持ち上げたままスタスタと歩き出す。とはいえ狭い1Kの部屋。数歩移動したところで足は止まり、弘文もその場に下ろされる。ホッとしたのも束の間、いきなり後ろに押し倒された。

「え……わっ……！」

ボフッと背中が柔らかく弾んで、ベッドの上だ、と気づいたらさらにギッとベッドが軋《きし》んだ。視界が翳《かげ》る。目を上げると、柊一が獣のように四つん這《ば》いになって覆いかぶさるように自分の上にいた。

（う……わ……）

上から柊一が自分を見ている。熱っぽい目で。

小説の中でならこんなシーンは山ほど書いてきた。前戯にすら入っていない、なんでもないシーンだ。けれど実際自分がその場に置かれて弘文は考えを改めた。ベッドの上で他人にのしかかられるのは、やはり異常事態だ。シーツの上に縫いつけられたようになって身動きもとれない。

「し……柊、ちゃ……」

「……柊ちゃんはよせって言ってるだろう」

憮然とした声音と共に柊一の唇が落ちてくる。柔らかく重なったそれが啄《ついば》むように弘文の唇を食《は》む。優しく髪を撫でられ弘文が微かな吐息を漏らすと、唇の隙間からするりと柊一の舌先が割って入ってきた。

互いの舌が触れた途端、ピクリと体が跳ねた。覚えず腕を伸ばし柊一の肩にすがりつくと宥めるように髪を撫でられ、ざらりと舌全体を舐め上げられた。

「ん……」

柊一の舌はよく動く。弘文の口内を余すところなく味わってやろうとでもいうように。弘文の舌の表面や裏側や側面や上顎にまで、柊一は執拗《しつよう》なほど舌を這わせた。舌先でくすぐり全体で舐《ねぶ》り、悪戯に弘文の舌を吸い上げては柔く嚙む。

（口の中に、性感帯なんてないと思ってたのに――……）

数多ある小説に書かれているほどキスで感じることはないだろうと思っていたのに、予想とは裏腹に柊一の舌で口内を蹂躙されて弘文の爪先はぴくぴくと震えている。剝き出しの神経を刺激されているようで、体全体が鋭敏に反応する。

百聞は一見に如かずってこういうこと言うんだ、などと霞《かす》んだ頭の片隅で考えていると、ふいに柊一の手が弘文の脇腹を撫で上げた。

「…っ…んぅ……」

驚いて身じろぎしようとすると、もう一方の手がまた弘文の髪を撫でる。

弘文は柊一のこの手に弱い。幼い頃から弘文が不安になったり動揺したりするたびに落ち着かせてくれたのは柊一の手だった。弘文の肩に軽く手を置き、乱暴に頭を撫で、ときには小突くように胸を叩いて弘文の気持ちを宥めてくれた。

今も、大丈夫だというように髪を撫でられただけで、強張っていた弘文の体から力が抜けた。自分でも単純すぎると思うくらい、あっさりと。

その隙に柊一の手は弘文のシャツをめくり上げ、素肌に柊一の掌《てのひら》が触れる。思いの外熱いそれに、背中がグゥッと山形《やまなり》になった。柊一の手はその曲線に沿うようにゆっくりと上がり、指先が胸の尖《とが》りに触れる。

「……っ……!」

ビクリと体が震えて、そんな自分の反応に顔が赤くなる。まるで自分が書いてきた小説のヒロインの反応だ。男なのにこんなに過敏になるのは変なんじゃないかと急に不安になり、制止しようと口を開いたら柊一がそこに深く舌を差し込んできた。

「んっ、ん……」

弘文の訴えを見越していたのか、言葉を封じるように柊一が前より深く舌を絡ませてくる。そうしながら指先で弘文の胸の突起をくすぐって、弘文の体をいいようにびくつかせた。

弘文はもう呼吸もままならない。柊一が指の腹全体で胸の突起を押し潰すたび、指先でつまんで柔く刺激を与えるたびに、自分の意思とは無関係に体が跳ね上がり、短い声が漏れる。

(こ……こんなに……!?)

こんなに体が反応するなんて、考えてもみなかった。自分の書く小説では同じようなシーンで作中のヒロインをびっくりするほど乱れさせてきたくせに、でも心のどこかで、これはここまで身悶《みもだ》えるほどの行為だろうかと首を傾げていた。

だって弘文は知らなかった。小さな胸の尖りがこんなにも敏感にできていることも、そこから与えられる刺激が直接腰に響いて、じわじわと熱を蓄積させていくことも。

重苦しい熱が腰に溜まり始め、弘文は内心焦る。これは普通の反応なのだろうか。

「し…っ…んぅ…っ…！」

言葉はすべて奪われる。呼吸も。胸の内側で心臓が跳ね回っている。指先でピン、と勃《た》ち上がったそれを弾かれて、弘文の体が大きく震えた。思わず柊一の舌に歯を立ててしまい、しばらくぶりに柊一が唇を離した。

「あ…っ…ご、ごめ――……」

謝ろうとしたらひどく息が弾んでいた。間近には柊一の顔があり、見られていると思ったら俄かに自分の表情がまともなのかどうか不安になる。自然、唇を噛んで下を向いた。

（へ……変じゃないかな、こんな、息が上がって……）

男同士なのに、こんなに少ししか触れ合っていないのに、自分の反応は大袈裟《おおげさ》すぎないだろうか。

（へ、変態、とか、思われたりしたら――……）

「……変態か」

いきなりボソリと柊一が呟いて、弘文の息が完全に止まる。心の中を覗かれたようだ。いや、それ以前に変態って。やっぱりそういうふうに見えたのかと思ったらザァッと体から血の気が引いていく。

なんと言い訳をしたものかと必死で考えていたら、弘文の肩口に柊一が顔を埋めてきた。

「……俺は変態か……」

最早涙目になってあたふたと言葉を探していた弘文は、真横にある柊一の後ろ頭を見てピタリと動きを止めた。目の前にある柊一の耳が、随分と赤い。

「な……何、が……？」

柊一が溜め息をつく。耳元を吐息がくすぐって、また弘文の背に震えが走る。

「……お前の小説読みながら、ずっと――……お前のことばっかり考えてた」

柊一の、いつの間にか大分伸びてしまった少しくせのある髪が、パサリと落ちて赤くなった耳を隠した。あまり表情が出ない柊一の顔より顕著に感情を見せてくれていたそれが見えなくなったのが惜しくて、弘文はそっと指を伸ばす。

「ああいうことをするとき、お前はどんな顔すんだろうって、そんなことばっかり……」

う、と弘文は声を詰まらせる。他人にそんな目で見られていたとは、正直気恥ずかしい。が、自分だって柊一をモデルにしてずっとポルノ小説を書いていたのだから何も言えまい。

変態だ、と呻く柊一の髪にそっと触れると、わずかに柊一が顔を上げた。

変態というなら自分の方が……と言う勇気はなく、弘文は別の言葉を口にした。

「……そ、想像以上に、変じゃなかった……？」

柊一が無言で弘文の顔を覗き込む。その目元が赤い。髪の隙間から見える耳も。

「いや――……」

低く呟いて、柊一が弘文の脇腹に置いていた手を動かした。するりと下に移動して、ジーンズの縁にかかる。ハッとして弘文は身を捩《よじ》ろうとしたが、上から柊一がのしかかっているのでそれもできない。まさかと思う間もなく、柊一の手が弘文の体の中心に触れた。

「あっ……！　な、なん…っ…」

ジーンズの上からだってそこが盛り上がっているのは明白だろう。厚い布の上から撫でられ、弘文の息が引きつる。

「んっ、ん——…っ…」

弘文は思い切り唇を噛む。実に緩やかな刺激なのに、そうしないと甘ったるい声が漏れてしまいそうで怖い。頬に、首に、熱が上がっていく。やめて欲しいと訴えるつもりで涙目を上げると、自分と同じように頬を赤くしている柊一が目の前にいた。

柊一は掌で弘文の熱を撫で擦りながら、溜め息に乗せた声で言った。

「……想像以上だった」

頬に当たる柊一の息は熱い。こちらを見る目も熱っぽく、弘文は目が逸らせなくなる。多分、今のは、悪い意味じゃないはずだ。

「こんなに……」

弘文の髪に触れていた手が移動して、今度は頬を包む。柊一の眉間に細いシワが寄り、言葉を探しているようだ。そういえば、柊一は昔からあまり語彙《ごい》の多い方ではなかった。

柊一は目を閉じると、ごつん、と弘文の額に自分の額を押しつけて呟いた。

「……こんなに腹の底から食っちまいたいと思ったのは、初めてだ——……」

「……っ……」

ジーンズのフロントホックが外されて、喉が鳴る。恥ずかしい。どうしたらいいかわからない。手の置き所にすら迷う。

けれど、嬉しい。柊一なりの無骨な告白が嬉しい。口下手で、甘い言葉なんて囁けない柊一のこれが精一杯だと思えば、なおのことだ。

だから弘文は自ら腕を伸ばして柊一の首を抱き寄せる。柊一の手が下着の中に滑り込んで直《じか》に触れてきても、なんとか逃げずに踏みとどまった。

「あっ……」

すでに勃ち上がっていたものを緩く握られ腰が跳ねる。扱《しご》かれるともう、声も殺せない。

「あっ、あ…っ…」

声を出そうとしているわけではないのに、息の途中に声が混ざる。全身に力が入って喉の筋肉まで締め上げてしまうからなのか。わからないが嫌でも出た。

（ほ……本当に、声なんて、出るんだ——……）

作家業の性かこんなときも仕事のことが頭を掠める。けれどそれは一瞬で、あとは柊一の指に翻弄《ほんろう》されて思考なんてぐずぐずに蕩けてしまった。

「ひ…っ…ぁ……」

柔らかく握って上下に扱かれ、あっという間に内股が強張った。他人に触れられるのは初めてで、強弱のつけ方も速さも自分とは違うそれに、かつてない早さで絶頂が迫ってくる。

「し、柊ちゃん…っ…、も、もう——…っ…」

我ながら早すぎるとは思ったが、格好をつけている余裕もない。放して、と涙声で訴えると、柊一は言われるままに一度手を止めた。が、次の瞬間、両手で弘文の腰を抱えて持ち上げると、下着ごとジーンズを引き下ろしてしまう。

驚いたのは弘文だ。けれど抗議の声を上げるより先に柊一は再び弘文の中心を取り、今まで以上に強い力で扱いてきたものだからまともな言葉にもならない。

「あっ……あぁっ……！　や、やだ、って……」

親指の腹で裏筋を攻められ、弘文は切れ切れに訴える。それでも柊一の手は止まらない。弘文の反応する場所をきっちりと見つけ出し、着実に弘文を追い詰めていく。

敏感な先端の括《くび》れを擦られると、濡れた音が室内に響いた。それがますます弘文の羞恥に火をつけて、弘文は柊一の体の下でじたばたと暴れようとする。が、膝のあたりでわだかまったジーンズが邪魔をして上手くいかない。

「やだ、や、柊——…っ…」

「なんで、いけよ」

弘文は大きく首を振る。絶対無理だ。柊一の手の中で達してしまうなんて。幼馴染みなのに。長年の片想いの相手なのに。

そうやって無駄な抵抗を繰り返していたら、ふいに首筋に唇が押しつけられた。

「……いいから」

熱い吐息が項をくすぐる。

その瞬間、弘文の中で何かが膨れ上がって爆発した。

いいから。そう言って弘文の背中を押してきた柊一の、様々な仕種や表情が蘇る。そうだ、自分はいつもその言葉でほだされて、柊一の言いなりになってしまう。

小、中、高校、長い間見詰めることしかできなかった柊一がこんなに側にいる。自分に触れてくれる。絶対に、叶《かな》わない恋だと思っていたのに。

そう思ったら、もう止まらなかった。弘文は柊一の首に強くすがりつき全身を硬直させる。

「あっ、あ…っ…あぁっ！」

筋肉が収縮する。引き絞った弓のように背を仰け反らせ、弘文は柊一の手の中で達してしまった。

はぁはぁと自分の息遣いがやけに大きく聞こえる。水を吸った布が全身を覆っているように、体中が重い。頭の中心すらぼんやりと重いようで、だから弘文は膝に絡まっていたジーンズを完全に下ろされたときも、うっすらとそれを認識しただけで終わってしまった。

我に返ったのは、自分の放ったもので濡れた柊一の指が後ろの窄まりに触れてきたときだ。

「は……はぁ……はっ！　えっ！」

　思わずベッドに肘をついて身を起こしかけてしまった。気がついた柊一も顔を上げて、わずかに首を傾げるような仕種をした。

「……俺も脱いだ方がいいか？」

「そ…っ…」

　そうじゃない、と言いたかったが、確かに自分ばかり脱がされたこの状況は恥ずかしい。弘文はシャツ一枚身につけているだけなのに、柊一は少しも衣服を乱していないのだ。

　だが、しかし、ここで柊一まで脱いでしまったら後の展開はどうなってしまうのだろう。期待なのか恐怖なのか自分でもよくわからない感情が胸に広がり、結局弘文は首を縦にも横にも振れず硬直する。

　何も答えない弘文をどう解釈したものか、柊一は無言で濡れた掌を弘文の内股に擦りつけると、腕を伸ばして弘文のシャツを脱がしにかかった。

「し、し、柊ちゃん、あの……」

「なんだ。……ほら、腕上げろ」

　どだい柊一の言葉には逆らえない。うろたえながらも言われるままに腕を上げれば、首からスポンとシャツが抜ける。

　あっという間に全裸にされ、一体どこを隠せばいいのかと両腕をさまよわせる弘文の前で、柊一はためらう素振りもなく着ている物をすべて脱ぎ去ってしまった。

（うわ……）

思わず、感嘆の息が漏れた。柊一の裸を見るのなんて、高校の修学旅行で一緒に風呂《ふろ》に入って以来だろうか。小説を書くときはいつも柊一の姿を思い出してきたが、目の前の体は思い描いてきたそれより一回りは大きいように見えた。

上半身を起こすためベッドについていた肘から力が抜ける。背中からシーツに倒れ込むと、すぐに真上から柊一がこちらを覗き込んできた。

目の前に迫る、がっしりとした両肩と広い胸。今更怖気づきそうになる弘文を見下ろして、柊一が唇の端を持ち上げた。

「……俺にだったら食われちまってもいいんだろう？」

口元を掠める程度の笑みに目を奪われていたら、上から柔らかく口づけられた。

（ああ、もう――……）

本当に、腹をすかせた虎の前に飛び出したウサギにでもなった気分だ。けれど、柊一にだったら頭からバリバリ食べられても悔いはないんじゃないかと、弘文は両手を伸ばす。

優しく唇を舐められ、舌を差し入れられる。深く咬み合わせるようなキスは蕩けるほど気持ちがよくて、わずかだけれど不安が溶けた。

「ん――……」

柊一の首に腕を回し、より深く口づけを受け入れる。のしかかってくる柊一の体は熱い。じわじわと、炙《あぶ》られていく気分になる。一度達して冷えかけた体にまた火がついてしまいそうだ。

脚の間に身を滑り込ませた柊一が、弘文の片脚を抱え上げる。脚を大きく開かされて羞恥が迫り上がってきたが、柊一の首を抱き寄せ無理やりねじ伏せた。

「んっ……」

弘文の内股に残った残滓《ざんし》で指先を濡らした柊一が、窄まりに触れてくる。全身を硬直させた弘文に気づいて、柊一がキスを止めて唇を離した。

「……食っちまいたいのはやまやまなんだが……」

ぐるりと周りをなぞられて弘文の背に妙な震えが走る。柊一は弘文の額に唇を押しつけ、ゆっくりと指先を動かした。

「無理だと思ったら言ってくれ。真っ当なやり方がよくわからねぇ」

いいな？　と念を押され、弘文は小さく頷く。少し間をおいて、指先が奥に入ってきた。ぐ、と弘文は喉を詰まらせる。まだ指の先もいいところだろうに、体が異物感を訴える。

「弘文……？」

あと一瞬名前を呼ばれるのが遅かったら、弱音を吐いていたかもしれない。

けれど見上げた先で柊一が心配そうに自分を見ていたから、労《いたわ》るように頬に唇を落として、行為を止めるような仕種すら見せたから、弘文は前より強く柊一の首に抱きついて硬い肩に顔を埋めた。

「だ、大丈夫……」

「……無理してねぇだろうな?」

してない、と頷いて、大きく息を吸ったら柊一の匂いがした。それだけで、体が芯から溶けていく。

柊一は何か考え込むようにしばらく動きを止めてから、もう一方の手で弘文の中心を握り込んだ。

「あっ……」

弘文の顎が跳ね上がる。先程達したばかりのそれはまだ柔らかい。柊一はそれを緩い力で揉みしだきながら、もう一方の手で奥を探る。

「あっ……ぁ……」

一度達しているせいでいつもより敏感になっている部分を扱かれながら、後ろを押し開かれる。ただでさえ経験が少ない弘文には、許容量をとうに超えた行為だ。

「…ひっ…ひ…ぅ……」

ゆっくりと指が奥まで入ってくる。柔らかかった性器が硬い掌に嬲られ熱を取り戻し始める。どちらに集中すればいいのかわからないまま、弘文はただ行為を受け入れる。喉からはひっきりなしに高い悲鳴が漏れた。

「……辛いか？」

身を起こした柊一に心配顔で覗き込まれ、弘文は首を振る。快楽と苦痛がない交ぜになって、自分でも判断がつかない。ぶれがちになる視線でなんとか柊一を捕らえると、目が合った途端、ゴリ、と柊一が歯を食い縛った。口の中で、クソ、と呟いたのがわかる。

「お前のそういう顔見ちまうと――……たまらねぇな」

唸るように口にされた声に、濃厚な雄の匂いが混ざる。長年柊一の傍らにいたのに、初めて耳にする声だ。同性の幼馴染みという自分の立場では一生耳にするはずもなかったそれに、歓喜で胸が締めつけられる。たまらないのはこっちの方だ。

柊一の手の中で扱かれていたものが反応する。柊一がそれを見逃すはずもなく、指先がさらに深く埋め込まれた。内側を擦られる感触に、ぶるっと内股に震えが走る。

柊一は弘文の快楽を引き出そうと熱心に手の中のものを扱き続ける。段々と硬度が蘇り、先端から先走りがにじみ始めた。それを指先に絡めながら、柊一は弘文の体の奥へ奥へと指をもぐり込ませる。滑りがよくなったおかげか、思ったより抵抗も少なく弘文の体は柊一の指を受け入れる。

「ひっ、ひ……ぁ…っ…」

節の高い長い指が出入りする感触に、弘文の背筋がしなる。同時に根元から先端まで大きな動きで扱かれ、腰が砕けてしまいそうだ。皮膚の下に熱がこもったようで苦しい。射精感はこみ上げてくるが絶頂までは押し上げられない。

「し…っ…柊、ちゃ…ぁっ……」

「……お前な……こんなときまで柊ちゃんか」

柊一も軽く息が上がっている。それでもまだ弘文よりは余裕があり、笑いの混じる、呆れたような声が耳元でした。この問答も何度目だろうと頭の片隅で考えながら、弘文は熱に浮かされたようにその名を紡ぐ。

「し……柊一——……」

どうにかして欲しい、と訴える代わりに内股を柊一の腰に擦りつける。同時に、耳元で柊一が鋭く息を飲む音がした。

「お前——…っ…」

切羽詰まった声がしたと思ったら、弘文の体深くまで侵入していた指が引き抜かれた。無意識に内壁が追いすがり、弘文が顎を仰け反らせる。後はもう息をつく間もなく脚を大きく開かされ、時間をかけてほぐされた窄まりに熱い切っ先が押し当てられた。

宛《あて》がわれただけで息が引きつれた。想像以上にそれは硬く、大きい。

「し、柊……」

いつものように、柊ちゃん、と呼びそうになったところで柊一と目が合った。柊一は、食い入るような目で弘文を見ていた。獲物に襲いかかる獣に似た目だ。それを見たら爪先から頭のてっぺんに痺《しび》れるような震えが走って、弘文は直前で言葉を変える。

「柊一――……」

いつもと違う呼び名で呼んだ。たったそれだけのことだが、了承の意はきちんと柊一に伝わったようだ。柊一がわずかに目を眇め、ゆっくりと腰を進めてきた。

「――…っ…!」

その瞬間は、悲鳴も上がらなかった。柊一の分身が弘文の体を押し開く。身を裂くような痛みは、完全に弘文の想像を凌駕《りょうが》していた。

呼吸もままならず、弘文は後ろ頭をシーツに押しつけ闇雲に爪を立てる。指先に触れたのが柊一の肩か、背中か、腕なのかもわからないまま、衝撃に耐えようとただ目一杯指先に力を込めた。

自分の中にあるすべての感覚を閉じるように体を強張らせ、きつく目を閉じ続けていると、頬に柔らかな感触が落ちた。それは額にも、瞼にも、鼻先にも落ちて、やがて弘文の噛み締められた唇にも触れる。

うっすらと目を開けると、目尻から涙が落ちた。ぼやけた視界の中、柊一がこちらを見ている。直前に見た猛々《たけだけ》しい表情は薄れ、柊一はどこか苦し気な顔をしていた。

「……弘文……」

囁くような声で弘文を呼んで、柊一が弘文の目元に唇を落としてくる。舌先で涙を拭い、大事なものを扱うように両手で弘文の頬を包み込む。

は……、と弘文の唇から緩い息が漏れた。

温かい指先に、柊一だ、と思った。いつもこの手が、不安な弘文を引っ張って、導いて、またあるときは背中を押して、前に進めてくれた。

(僕の一番、好きな手だ――……)

今自分の一番近くにいるのは柊一だと思ったら、強張っていた弘文の体がゆっくりと弛緩した。柊一を受け入れた部分の引きつれるような痛みも段々と和らいで、肌が柊一に馴染み始める。

ぼんやりと瞬きをしたら、ふいに薄い肌の下で、何かが動いた。

「あっ……」

緩く腰を動かされ、短い声が漏れる。それが微かに甘かったことに、柊一は気づいただろうか。弘文の顔中にキスを降らせながら、柊一がゆっくりと動き始める。

「あっ、あ――…っ…」

声が出る。内側から肺が押し上げられて、喉から空気の塊が漏れる。自分の書いてきたものはあながち間違っていなかったんだ、と思ったのが最後で、柊一が本格的に抽挿《ちゆうそう》を開始したときにはもう、弘文の思考は崩壊していた。

「あぁっ、あっ……や――……っ……！」

繰り返し突き上げられて、ひっきりなしに声が漏れた。もう自分がどんな顔でどんな声を上げているのか意識する余裕もない。

「しっ……ぅ……ひぁっ！」

柊一の名前すら上手く呼べない。柊一の首に回した腕からも力が抜けそうだ。汗ばんだ肌の上をずるりと腕が滑る。離れる、と思った瞬間、柊一の腕が伸びてきた。シーツと背中の間に滑り込んだ両腕が強く弘文を抱き寄せる。互いの体がピタリと寄り添って、弘文の体の奥深いところで何かが爆《は》ぜた。

「あぁ――……っ……」

体は痛いし、苦しいけれど、なんて幸福なんだろうと弘文は喘ぐ。甘やかな感情が湧き上がって滴って、弘文の体をびしょびしょにする。このまま溶けて崩れてしまいそうだ。

「弘文……ヒロ……」

柊一が愛《いと》し気に自分の名を呼んで、息の止まりそうなキスをしてくれる。自分を抱きしめる腕は緩まない。だから弘文は安心して、柊一に自分の全部を明け渡してしまえる。

(柊ちゃんの全部も、受け止められるといい――……)

繰り返される律動に上がる声が、どんどん甘くなっていく。そんな自覚もできないまま、弘文はとろりと潤んだ目を閉じた。

外で虫の声がする。昼間に聞くセミの声より耳に優しい、あれは一体なんだろう。微かに響く虫の音に耳を傾けながら、今日が定休日でよかった、と柊一はしみじみと考える。狭いアパートの中はすっかり夜の闇に沈み込み、いつもならとっくに店に立っていなければいけない時間だ。

(ここにこいつをひとりで残してくのも忍びねぇしな……)

柊一は狭いアパートに似合いの小さなシングルベッドの上で、腕の中の弘文を見下ろす。さんざん啼《な》かされて最後は気絶するように意識を手放した弘文は、くったりと柊一の肩に凭れて目を覚ます気配がない。

どうしたもんかな、と柊一は微苦笑を漏らす。無茶につき合わせた自覚があるだけに無理に起こす気にもなれない。

(とりあえず目が覚めたら店で夕飯食わしてやるか)

何を食べさせてやろうかとあれこれ考えていると、ふいに弘文が身じろぎした。起きたかな、と顔を覗き込むと、まだしっかり目は閉じたまま、何か寝言でも呟いているようだ。

唇の動きを読む。なんとなく、自分の名を呼んだ気がした。

にとどめた。

(……参ったな……)

たったこれしきのことで口元が緩んでしまいそうになる自分に呆れる。弘文の後ろ頭を乱暴に撫でて力一杯胸に抱き寄せてしまいそうだ。しかし今ここでそれをやると、弘文を起こしてしまうばかりかそれ以上の行為にも及んでしまいそうで、弘文の後ろ頭をそっと撫でるにとどめた。

(デザートには、むせ返るほど甘いもん食わしてやろう)

今まさに自分がそんな気持ちなのだと言ったら弘文はどんな顔をするだろう。とんでもなく甘いものが胸一杯に詰まって息が止まりそうなのだと。

我ながら似合わねぇな、と思ったら、眠っていた弘文の口元に微かな笑みが浮かんだ。

なんだか胸の内を聞かれてしまったようで、柊一は少し決まり悪くなる。と同時に、そんなことを思う自分は随分舞い上がっている、と再び苦笑が漏れた。

「いい加減起きろ――……」

囁いて弘文の額に口づける。

弘文の寝顔に浮かんだ笑みが、また少し深くなった気がした。

秘密の私小説

日曜の夜。休日の小料理店アラヤは馴染《なじ》みの客で賑《にぎ》わっている。

いつもの顔ぶれ、いつもの料理、いつもの酒といつもの喧騒《けんそう》。

いつもと違うのは、弘文《ひろふみ》がまったくこちらを見ようとしない、ということぐらいだろうか。

もう弘文の定位置になっているカウンター端の席に目をやれば、弘文が椀《わん》に顔を伏せるようにして頑《かたく》なに他人の視線を遮りながら食事をしている。当然、何より避けようとしているのは自分の視線なのだろう。

そんな弘文の様子を窺《うかが》って、どうしたものかと柊一《しゅういち》はカウンターの奥でそっと溜《た》め息《いき》をついた。今日に限らずここのところずっと、露骨なくらい弘文に避けられている。

(今日だって店の前で偶然こいつのこと捕まえなけりゃ、絶対来なかったぞ……)

昼頃、ランチタイムのピークが過ぎ、店の前を掃除していたら弘文が通りかかった。そのときも店に来るよう誘ったのだが、食欲がないだの仕事が忙しいだので一度は断られかけたのだ。けれど、弘文の手にしたコンビニ袋の中にカップラーメンが山と詰め込まれているのを発見して、優しく言っていたのでは埒《らち》が明かないと柊一は低く言い放った。

そんなもん食ってる暇があったらとっとと仕事片づけて、夜には店に来い、と。

一度頷《うなず》かせてしまえば、弘文は約束を違《たが》えない。今日も言われた通りちゃんと店にやってきたが、今度は頑として柊一と目を合わせようとしないのだから参ってしまう。

その上、食欲がないという弘文のために用意した薬味たっぷりのそうめんとナスのぴりから炒《いた》めを、食欲不振とは到底思えない勢いで弘文はガツガツと口にかき込んでいる。三日ぶりに食事にありついた人間並みのがっつきようだが、あれは恐らく腹が減っているというより早く帰りたくて仕方がないのだろう。

「ど、どうも、ご馳走様《ちそうさま》でした……」

案の定、皿が空になるなりそそくさと席を立とうとした弘文の首根っこを、カウンター越しに腕を伸ばして柊一が捕まえる。

「待て、デザートが残ってる」

着ていたシャツの襟が喉元《のどもと》に食い込んだのだろう。ギュウ、と変な音がして、弘文が横顔だけこちらに向けた。が、視線は相変わらず足元へ落としたままだ。

「あ、ありがとう……でも、もう、お腹一杯だから……」

「作ったばっかりのわらび餅《もち》も入らねぇか？」

わらび餅、と聞いた途端、弘文の横顔が微妙に変化した。途端に細い喉が小さく上下して、少しだけ弘文の視線が上がる。それは柊一の顔まで届くことなく途中でまた跳ねるように床に落ちてしまったが、弘文は一応その場に踏みとどまったようだ。

「……じゃあ、少しだけ……」

危ねぇな、と柊一は内心安堵《あんど》の息をつきながら弘文の襟を掴《つか》んでいた手を緩めた。

手作りのわらび餅は市販のそれと風味も柔らかさもまったく違う。葛粉《くずこ》を鍋《なべ》で丁寧に煮溶かし、一口大に丸めたものを氷水でギュッとしめ、手製の濃厚な黒蜜《くろみつ》を絡めて食べるそれは弘文に店に来るよう言い渡した後、柊一が自身の昼食の時間を削って用意しておいたものだ。

(手ぇ抜いたもん作ってたら帰りそうな勢いだったぞ、今)

弘文がカウンター席に座り直したのを確かめてから、柊一は冷蔵庫で冷やしておいたわらび餅を取り出した。つるりとした光沢を放つそれにきな粉と黒蜜をかけて弘文の前に出してやると、一瞬だけ弘文の顔が明るく輝いて「わぁ……」と感嘆の声まで上がった。

いつもと明らかに態度が違うくせに、甘味が出てきたときだけは変わらず無邪気に相好を崩す弘文に苦笑する。柊一は濃い目に淹《い》れた緑茶を湯呑《ゆの》みについでやって、カウンター越しにそれを弘文の手元に置いた。

「ゆっくり食えよ」

トン、と湯呑みの底がカウンターを叩《たた》いたとき、ピクリと弘文の肩先が震えた気がした。それに気づいて、柊一はギリギリのところで溜め息を飲み込む。

あと一息で、そんなにビクビクしなくたっていきなり取って食ったりしないから安心しろ、と言ってしまうところだった。周りに他《ほか》の客の目もあるというのに。

(まぁ……こんなにビクつかいちまうのもわからなくはねぇが……)

弘文がわらび餅を食べるのを大人しくカウンターの裏から見守りながら、柊一はこっそり溜め息をついた。わからなくもないが、やっぱりこれは過剰反応ではなかろうかと。

柊一と弘文がいわゆる恋人同士というものになり、いろいろな段階をすっ飛ばして肉体関係にまで至ってしまってからもうすぐ二週間が経《た》つ。が、この二週間、柊一はほとんどまともに弘文に触れていない。いや、触れるどころか真っ当な会話すら覚束《おぼつか》ない状況だ。

何しろ弘文は極端に柊一を避けているし、こうして向かい合ってもろくに目も合わせない。それどころか、どうにかこの場から逃げ出そうとしているのがありありと伝わってくる。

恥ずかしい、とか、ばつが悪い、とか、弘文が思っているだろうことは大体わかる。もしかすると同じ男でありながら抱かれるという立場に立つのは、自分が思う以上に精神的負担の大きなものなのかもしれない、とも。

(だからっていつまでもこんな状況でいられるわけねぇだろうがよ)

どうにかしなくては、と柊一は思う。弘文の方からどうにかなってくれるのを待っていたら、幾つ人生があっても足りないだろう。それどころか、単に停滞していてくれるだけならまだしも、時々勝手に飛躍してひとりで遠くに逃げてしまおうとするところのある弘文だ。

(——……ちょっと強引にいくしかねぇか)

最後のわらび餅を名残《なごり》惜し気に咀嚼《そしやく》している弘文を横目に見ながら柊一は密《ひそ》かに決心して、汚れた鍋を洗い場へ放り込んだ。

本当は食事を終えたらすぐ店を出ようと思っていたのに、柊一のわらび餅に心を奪われ、すっかり長居してしまった。

ありがとうございました！　と、息子《むすこ》の友人である自分にもきっちり頭を下げてくれる幸《こう》造《ぞう》の声を背に、弘文はあたふたとアラヤを後にする。

店から出た途端弘文はホッと息を吐いて、それから深く項垂《うなだ》れる。それまで店の奥にいた幸造と入れ替わりに柊一が奥へ引っ込んだ隙《すき》を狙《ねら》って、本当に逃げるように店を飛び出してきてしまった。こんなことばかりしていたら、ますます柊一と顔を合わせ辛《づら》くなってしまうことくらいわかっているのに。

(柊ちゃんだって、とっくに避けられてるのに気づいてるだろうしなぁ……)

どうしたものか、と道路に転がっていた小石を爪先《つまさき》で蹴《け》ったら、背後でガラリと引き戸の開く音がした。反射的に振り返って、弘文は前に出しかけた足をピタリと止める。

店から出てきたのは、柊一だ。しかも、いつもより硬い表情でこちらにやってくる。

(あ、お、怒ってる……？)

当然だ、ここのところ弘文は相当露骨に柊一を避けていた。自覚があるだけに言い訳も浮かばず、弘文は棒立ちになって近づいてくる柊一を見ていることしかできない。

柊一は弘文の前で立ち止まると、硬い表情のまま口を開いた。

「……弘文、悪いがちょっと頼まれてくれねぇか」

弘文は目を瞬《しばたた》かせる。柊一の声は予想外に深刻だ。それに、怒気も含まれていない。一体何事かと、弘文は戸惑いながらも柊一と向き合った。

弘文が聞く耳を持ったことにホッとしたのか、柊一はわずかに表情を緩めて視線を斜め下に落とした。

「実は、明日から親父《おやじ》が旅行に行っちまうんだ。二泊三日で、碁会所のメンバーと」

「え……でも、お店は……?」

「閉めるわけにはいかねぇからな。店には俺が立つ。ただ――……」

ふいに柊一が視線を上げた。目の奥を覗《のぞ》き込まれてギクリとする。しまった、と思ったときにはもう遅い。捕まった、と、心のどこかで諦《あきら》めに似た声が上がる。

「やっぱりどうしても、人手が足りねぇんだ。だから弘文、親父がいない間だけ店番手伝ってもらえねぇか?」

一転して柊一から目を逸《そ》らせなくなってしまった弘文は、それでもなんとか首を振る。

「でも、僕、お店のことなんて、何も――……」

「いてくれるだけで心強いんだ」

嘘《うそ》だ、と思った。自分なんてなんの役にも立たない。それでも柊一に真摯《しんし》な声で言われてしまうと、不思議とその気になってしまう。それに、もしかすると本当に困っているのかもしれないと思ったらにべもなく断れず、言い淀《よど》んでいる間に柊一が近づいてきた。

あと一歩の距離で立ち止まると、柊一は弘文を見下ろしわずかに首を傾《かし》げた。

「……駄目か?」

——……駄目だ、と、弘文は胸中で呟《つぶや》く。

『いいから』という言葉に次いで、『駄目か?』という柊一の問いかけにも弘文は弱い。普段頼ってばかりいる柊一に頼られている気分になって、断れない。

「弘文?」

黙り込んでいたら答えを促すように名前を呼ばれた。弘文はしばし逡巡《しゅんじゅん》したものの、結局観念して蚊の鳴くような声で、やる、と返す。途端に、柊一の顔に満面の笑みが浮かんだ。

「悪いな。助かる」

ヒュッと弘文の喉が鳴る。心臓が飛び上がって狭い気管に突っ込んできたかと思った。たかが笑顔を見せられただけでこのざまだ。前々から柊一の笑顔には相当弱いと思っていたが、最近それがひどくなってきた気がする。

息を飲んだのに気づかれないようぎこちなく柊一から視線を逸らすと、のし、と頭の上に重いものが乗せられ、それがワシャワシャと弘文の頭を撫《な》でた。

「じゃあ、打ち合わせだの説明だのがあるから、十時に店に来てくれるか」

柊一が弘文の頭を撫でながら告げる。まるで学生時代に戻ってしまったかのような仕種《しぐさ》に目を瞬かせて弘文が顔を上げると、視界の斜め上で柊一が機嫌よさ気に笑った。

「頼りにしてるぞ」

嘘だ、と、思う気力すら奪われそうだ。真夏の太陽みたいに力強い笑顔に見とれてしまう。操られるように、うん、と頷いた弘文の頭を最後にもう一撫でして、柊一はひらりとその手を振ってみせた。

「じゃあ、また明日」

うん、ともう一度頷いて、つられたように弘文も手を振り返した。色褪《いろあ》せた紫色の暖簾《のれん》の向こうに柊一の姿が消えた後も、しばらくはその場から動けない。

頭上でまん丸に膨らんだ月の下、どうしたことだと弘文は思う。

自分の恋は成就したはずなのに。長年抱えた想《おも》いもやっと、行き着くべき場所に行き着いたと思っていたのに。

まだ際限もなく、自分は柊一を好きになる一方だ。


アラヤから自室に戻ると、弘文は真っ先にノートパソコンを開いた。スタンバイ状態になっているパソコンのキーを叩いて、弘文はフッと短い溜め息をつく。

聡い柊一のことだから自分の異変にはきっともう気づいている。明日からの店の手伝いも、隙あらば柊一から逃げ出そうとする弘文を一定時間拘束するための口実に過ぎないだろう。

（逃げるのは恥ずかしくて顔が見られないから、とか、思われてるんだろうか……）

パチパチと力なくキーボードを叩きながら弘文は再び溜め息をつく。

それは確かに、間違いではない。実際他人の前で素肌を晒《さら》すのも、あられもない声を上げるのも、感極まった顔を見せるのも、その気恥ずかしさたるや想像を絶するものがあった。しばらくは思い出しただけで手足が勝手にじたばたと暴れそうになったくらいだ。

（あとは、意識しすぎてる、とか……？）

それも間違ってはいない。事実弘文は、柊一が椅子《いす》から立ち上がるだけで『こっちに来るんじゃないか』と身構えるし、カウンター越しに茶を出そうと手を伸ばされただけで『このまま抱き寄せられるんじゃないか』と思ってしまう。そんな想像をして身を固くしたものの柊一の手が素通りしていったときは、『別に全然！　期待していたわけじゃないんだけど！』と誰にともなく言い訳を胸中でする羽目になりそれはそれでとんでもなくこっ恥ずかしい。自意識過剰すぎるんじゃないかと自己嫌悪にも陥る。

どちらも本当だ。嘘ではない。

そんなことをつらつらと考えながら弘文はパソコンの画面を眺める。今日も今日とて、画面上では金融会社社長と借金に追われるヒロインがベッドの上で激しく交わっている。

弘文は黙々と、一文打ち込んでは手を止め、また一文打ち込んでは目頭を押さえ、しばらく白い壁を睨《にら》んでまた次の文章を打つ、という作業を繰り返していた。

社長が大きな体でヒロインをベッドの上に縫い止めている。

壁や天井に跳ね返っては落ちてくる、啜《すす》り泣くような甘い声。シーツは汗でじっとりと濡《ぬ》れ、爪先で触れる部分だけがやけにさらりと乾いている。腕を伸ばして抱き寄せた太い首にも汗がにじんで、背中に食い込ませようとした指が滑った。暑い。

『いいのか』

尋ねられるが、息をするのが精一杯だ。荒い呼吸を繰り返したせいで、喉の水分がすっかり飛んでしまっている。暑い。上からのしかかってくる体も、ひどく熱い。

『言えよ、言ったらもっと強くしてやる』

嫌だ、これ以上きつくされたら、体が壊れてしまう。

『嘘つけ。……それに、優しくしてやってるだろう?』

片脚を抱え上げられる。ベッドが低く軋《きし》んで、相手が膝立《ひざだ》ちになる。本格的な突き上げの予感に体が戦慄《わなな》く。けれど予想に反して相手の動きは緩い。ゆっくりと引き抜かれ、また押し込まれる感触に、ザワザワと肌の下で何かが蠢《うごめ》いた。

『ほら、な……?』

背筋が粟立《あわだ》つ。それは潮が満ちるように遠くからやってくる。乱暴に打ち込まれてもごく浅くしか感じないのに、ゆっくりと押し込まれるともっと深いところから何かが湧《わ》き上がってくる。爪先を丸めてぴりぴりと意識を集中させて相手の動きを追っていると、突然、決壊するようにそれはくる。

『——……いいか』

薄暗がりの中、満足そうな笑みが相手の口元に浮かぶのが見えた。

角度が変わって硬い切っ先が蕩《とろ》けた肉を抉《えぐ》る。声が出ない。よすぎて、息が止まる。昇り詰める瞬間の声はいつも切れ切れで。

現実の方が、地味だ。

『……ヒロ』

耳元で囁《ささや》かれただけで弾け飛んだ。

「‼」

ガバッと弘文は突っ伏していた顔を上げる。いつの間にかキーボードを打つ手が止まり、額をパソコンの縁に押しつけて頭の中だけでストーリーを作っていた。

いや、作っていた、だろうか？

（違う……！　作ってない！）

うわぁ！　と一声上げて弘文は後ろにひっくり返った。フローリングの床に強か背中をぶつけたが痛みすら感じない。作ってない、作ってない！　とゴロゴロ転がって身悶《みもだ》える。

（これじゃあ……これじゃあ単なる詳細な日記になってしまう！）

途中までは確かに創作のつもりだったのにいつの間に！　と弘文は頭を抱え込んだ。

最近弘文が柊一を避けざるを得ない理由はこれだ。創作のつもりが気づけば実際に柊一と体を重ねたときのことを思い出して書いている。ポルノ小説はその八割が濡れ場だというのに、このままでは八割方個人的な日記を晒すことになってしまう。

（ど、どう、どうしよう……）

頭を抱えたまま、弘文は蒼白《そうはく》になって考える。

ポルノ小説家であることを柊一に隠していたときと似たような状況だが、現状はさらに悪化しているのではないか。

柊一は未《いま》だに、弘文の書く小説の主人公が自分であることに気づいていない。しかしこれを読めば確実に勘づくだろう。何しろ主人公は、いつか自分がベッドで口にしたのと同じ台詞《せりふ》を喋《しゃべ》っている。台詞どころか体位の移り変わりもタイミングも完璧《かんぺき》に現実とリンクする。柊一は登場人物のモデルになっているどころか自身の性行為をそのまま世に暴露されているという恐ろしい事実に気づいて、今度こそ激怒する。そうなったらもう、終わりだ。破滅だ。長年の片想いも短かった蜜月も何もかも、消えてなくなる。

（駄目だ、もっと全然、違うことを書かないと——……）

頭ではわかっている。けれど気がつけば文章はいつかの夜を辿《たど》り出す。随所であの夜の出来事をトレースしてしまう。

（でも、大体、小説家なんて、どこかしら自分の感覚を元に文章書いてるんだから、どうしても……どうしたって……！）

ある程度は仕方がない、どう頑張ったところで自分の感覚や記憶は文章に反映される。むしろ弘文を怯《おび》えさせたのは、初めて柊一と体を重ねた後の自分の反応だ。

柊一との初めての逢瀬を終え、その後部屋でひとりになって弘文はいろいろと考えた。

これまでセックスシーンはすべて想像で書いてきたが、実際とは全然違うんじゃないかと不安に思っていたことが体験してみたら意外に真実に近かったり、やっぱり想像とは違っていたり、新たな発見が多数あった。

情事の翌日呟かれる、背中や足が痛いというのは筋肉痛のことだったのか、と弘文は思い、いや、女性の場合は何か違う理由があるのかもしれないなどと思い直し、でも初めてのことで緊張しすぎて終始体に力が入りっぱなしだったし、あんな無理な体勢とらされたんだから無理もないかなぁ、と顔を赤らめてから一気に真っ青になった。

自分は何を冷静に分析しているのだと。

一瞬だけ、『これでもう真偽の程もわからないあやふやなことを書かなくて済む』と思った。そんな自分が怖かった。だったら自分は書くつもりなのか。本当のことを、包み隠さず。

いや、自覚はなくとも書いてしまうのではないか。柊一とのあれやこれやを全部。

そんな疑惑を抑え込もうと、弘文は近頃必死で柊一を避けている。時間が経てばあの夜のことをもう少し客観的に見られるのではないかと、そうすれば柊一が読んでもわからないくらいにはごまかして濡れ場を書き切れるのではないかと、わずかな望みをかけて。

しかし柊一と体を重ねてからもう十日ほど経つというのに、事態は一向に好転しない。

（……もう、いっそ……柊ちゃんに相談してみようか……？）

一人で悩んでいても解決しそうもないし、こうなったら包み隠さず柊一に打ち明けてみようか。柊一なら、きっと真剣に話を聞いてくれるだろう。

でももしも、そうして私生活を暴露されてしまうことに柊一が拒否感を示したら？　小説のネタにされるなんて冗談じゃないと柊一が離れていってしまったら――……。

（……嫌だ、そんなの……）

想像しただけでじわりと目元に涙がにじんだ。

柊一にポルノ小説家であることを隠していた頃はこんなに悲愴《ひそう》な気分にはならなかったのに。あの頃は、想いが伝わるわけもないと最初から諦めていたせいだろうか。それとも今は、想像でもなんでもなく本当に柊一の私生活を暴いている自覚があるからか。

柊一には相談できない。けれど自力で打開策を打ち出すこともできない。

そんな完全に行き詰まった状態で、弘文は悶々《もんもん》とここ数日を過ごしていたのだった。

ジワジワとセミが鳴く。今日も暑い。

弘文はまだ暖簾のかかっていないアラヤの入口に立って、ひとつ深呼吸をした。

昨日一晩悩んだが、結局柊一に相談すべきかどうかは決められなかった。だから弘文は目の前の問題をいったん棚上げにして、今日からアラヤの臨時従業員として働くことに集中することにする。

思い切って引き戸を開けたら、店内にはすでに調理服を着た柊一がいた。柊一は弘文に気づくと台布巾でカウンターテーブルを拭《ふ》いていた手を止め、よう、と軽く手を上げた。

「悪いな、お前も仕事があるのに」

仕事、という言葉に思わず顔が引きつりそうになったが、弘文はなんとかそれを抑えて首を振った。どうせ今は書いては消し、書いては消しの繰り返しで、まともに仕事にならない。

「とりあえず、これがエプロン。結構汚れるからな、仕事中はつけててくれ」

そう言って柊一が手渡してくれたのは首から紐《ひも》を通して身につけるタイプの紺のエプロンだ。柊一や幸造が店でこんなエプロンをつけているところは見たことがないから、家で普段使っているものなのかもしれない。

弘文がそんなことを思っている間にも、柊一はてきぱきと仕事の説明を続ける。

「まず頼みたいのは食器洗いだ。客が帰ったらテーブルの上の汚れた皿を洗い場に持っていって、テーブルを拭いて、食器を洗う」

うん、と手の上のエプロンを見詰めたまま弘文は頷く。それくらいなら大丈夫だ。

「あとは注文。うちに来るのは大抵常連さんだし、カウンター越しに直接俺に注文してくれる場合がほとんどだとは思うんだが、もしも座敷で誰《だれ》かが呼んでいて、俺の手が空かなかったら、お前が対応してやってくれ」

う、と一瞬言葉を詰まらせそうになったものの、なんとか弘文は頷く。接客業なんて自分には一番向いていない職業だからと飲食店のバイトすらやったことがないので少々不安だが、できないなんて言っている場合ではないだろう。

「あとは料理と酒を運んでもらうくらいだな。ビールはそっちのケースに入ってる。日本酒はあっち。もしも熱燗《あつかん》の注文があったときは俺に言ってくれ。用意する」

うん、うん、と弘文は従順に頷く。やるべきことを頭の中に叩き込みながら。

「あとな、俺と話すときはこっち向いてくれ」

これにも、うん、と頷いて、それきりピタリと弘文は固まる。ザリ、と雪駄《せった》の裏が床を踏む音がして、俯《うつむ》いた視界の中に柊一の爪先が割り込んできた。気がつけば、もうすぐ側《そば》に柊一が立っている。

「……返事だけか？」

問われてしまえば逃げられず、弘文は恐る恐る視線を上げた。目の前には、腕を組んでこちらを見下ろす柊一がいる。

柊一は別段怒ったふうでもなく、普段と変わらぬ無表情でゆるりと首を傾げた。

「俺は最近やたらとお前に避けられてる気がするんだが……何かしちまったか？」

弘文はとっさに首を横に振った。柊一は何もしていない。むしろ柊一に無断でいろいろとしでかしているのは、自分の方だ。

「な、なんにも、別に、そんなんじゃあ――……」

「そうか？　でもお前、最近ちっとも俺の顔見ないだろう」

ほら、と、いきなり柊一に顎《あご》を摑まれ上向かされた。会話の途中で今もまた、無意識のうちに視線を落としていたらしい。柊一が長身を屈《かが》めて弘文の顔を覗き込んでくる。

「先週の水曜だって昼飯食いにこなかっただろう。部屋にもいねぇし」

「ご、ごめん、仕事で――……」

「外でも仕事することなんてあるのか？」

詰問するわけでも嫌味ったらしく言うわけでもなく、本当に不思議そうに尋ねられて弘文は返答に詰まる。当然、仕事なんて嘘だ。先週は昼時に柊一が尋ねてくるのを見越してわざと外出していた。取り立てて用もないのに。

……やはりこのままごまかすのは難しそうだ。ここは思い切って柊一に相談するべきか。

弘文がグラグラと迷いながらもそう決意しかけたとき、ふいに柊一が声のトーンを落とした。

「もしかして、俺とああいうことをしたのを、後悔してんのか」

またいつの間にか柊一の喉元にまで視線を落としていた弘文は、その言葉で弾かれたように柊一の顔へと目を向けた。相変わらず顎を摑まれたまま、目の前には真剣な顔で弘文の答えを待つ柊一がいる。思うより早く、弘文は大きな声でそれを否定していた。

「そんなわけない！」

まだ客のいない店内に自分の声が響き渡り、その予想外の大きさに我ながら驚いて弘文は口を噤《つぐ》む。柊一も軽く目を見開いたものの、直後、その口元に悪戯《いたずら》っぽい笑みが浮かんだ。

「――……だったら、今夜はうちに泊まってけ」

低く囁かれた言葉に、弘文はすぐには何を言われたのかよくわからず、ポカンと口を半開きにした。しかしそんな弘文の反応にはお構いなしで、柊一はさらに言う。

「今夜と言わず明日も泊まってくれて構わねぇぞ。親父は明後日《あさって》の夜まで帰ってこねぇしな？」

のんきに野原を歩いていたら急に目の前が真っ暗になって、気がついたら落とし穴に落ちていた。そんな気分だ。

予想だにしていなかった申し出に混乱しながら、弘文はどうにかこうにか言葉をつぐ。

「え、で、でも、なんの準備も……」

「必要なもんなら大体うちに揃《そろ》ってる。それでも足りなきゃお前のアパートまで取りに戻ればいい。どうせ歩いて三分だ」

「あの、でも」

「ちゃんと明日も店で動き回れる程度には手加減してやるから」

柊一の唇に浮かぶ笑みが深くなる。その意味を察して、弘文の顔がカァッと赤くなった。

柊一は喉の奥で笑いながら弘文の顎を摑んでいた指をほどくと、するりとその頰を撫でた。

「お前は一回自分の殻にこもっちまうとなかなか口を割らねぇからな。二晩かけてみっちり聞き出してやる」

「そ、そんな、ことは……」

「それとも、ここんところ俺を避けてた理由は今すぐ言えるようなもんなのか？」

柊一の骨張った指が弘文の頰をくすぐり、前髪を耳にかける。もう一方の腕でごく自然に腰を抱き寄せられて、弘文は膝が震えそうになるのを必死で堪《こら》えた。

直前までこの場で柊一に悩みを打ち明けようと思っていたのに、急にできなくなった。だって今言ってしまったら、柊一の家に泊まる必要がなくなってしまう。

言えない、と弘文が無言で首を横に振ると、柊一が密やかな笑みの下から囁いた。

「……じゃあ、今夜は泊まりで決定だな」

自ら望んで罠《わな》にかかった自分を、柊一はどんな目で見ているのだろう。恥ずかしくてその顔を見返せない。俯いたら、額に柊一が唇を寄せてきた。この程度のことで、息が震えるほど心臓が高鳴ってしまう。

「弘文……」

再び顎に手を添えられて、でも今度は促されるまでもなく顔が上がった。額に触れていた柊一の唇が、ゆっくり目元から頬へと移動していく。唇を吐息が掠《かす》めて、弘文が瞼《まぶた》を閉じかけたとき。ガンガン！　と、突然店の戸口が大きく揺れた。

どちらからともなく勢いよく互いの体が離れる。続いてガラリと引き戸が開いた。

「こんにちはー、まだ準備中？」

明るい声を響かせて店内に入ってきたのは弘文には見覚えのない小柄な女性だ。常連客だろうか。黒い髪をボブにして、肩から重そうなボストンバッグを提げている。

快活そうなその人物は店の中を見回して、柊一に気づくとパッとその顔に笑みを浮かべた。

「いたいた！　柊兄ちゃん、久しぶり！」

弘文は思わず柊一を見上げる。柊兄ちゃん、なんて、随分と親しい呼び名だ。

柊一はしばらく訝《いぶか》し気に入口に立つ女性を見ていたが、次の瞬間眉《まゆ》を開いた。

「お前、亜紀《あき》か」

「そうだよー。今ちょっとだけ誰だか忘れてたでしょう」

「いや、だってお前——……何年ぶりだと思ってんだ」

困惑したようだった柊一の横顔に、懐かしそうな笑みが浮かんだ。

途端に、ザリ、と弘文の口の中に嫌な感触が広がった。舞い上がった砂塵《さじん》でも吸い込んだ

ように。

けれど実際にそんなことはあるはずもなく、単に店の入口に向かって足を踏み出した柊一の雪駄が砂を踏む音が耳に届いただけだったのだが、それでもやっぱり弘文は眉根を寄せて口元を手の甲で拭《ぬぐ》った。

「えーっ、幸造叔父《おじ》さん旅行中なの？」

珍しい、と亜紀が心底驚いたような声を上げる。カウンター席に腰を下ろし、柊一の淹れてくれた緑茶を啜りながら。カウンターの中には柊一がいて、亜紀のためにおにぎりを握っているところだ。

「じゃあお店は？　休業してるの？」

「いや、俺が店番」

「えっ！　柊兄ちゃんもうお店任されてるんだ？」

「親父がいないときだけな。……ほら、本当にこんなもんでいいのか？」

「わぁ！　いいのいいの！　柊兄ちゃんが握ってくれるこのおっきいおにぎりが食べたかったんだ！　懐かしい！」

打ちとけた様子で話し込む二人を、弘文は座敷席に腰かけて見ていた。あのカウンター席は、いつもなら自分が座っている場所なのにな、と思いながら。

柊一の握ったおにぎりを豪快に頬張っている女性は花井《はない》亜紀といって、柊一の母方の従姉妹《いとこ》にあたる人物なのだそうだ。

亜紀は以前この近所に住んでいて、幼い時分は柊一ともよく遊んでいたらしい。それにしては弘文の記憶にない人物だと思ったら、彼女は中学入学と同時に引っ越して今は東京で暮らしているのだという。柊一と遊んでいたのも亜紀が小学校の低学年の頃までで、ちょうど弘文が柊一と親しくなる直前の話だ。それでも亜紀は引っ越すまで、たびたび塾の帰りにアラヤに立ち寄っては、お腹が減ったと柊一におにぎりをせがんだりしていたらしい。

(それにしても、綺麗《きれい》な人だな……)

亜紀の横顔を見て弘文はぼんやりと思う。亜紀は弘文より三つ年下だというが、その姿はすっかり成熟した女性のものだ。柊一と話しているときは気安さからか年相応の口調になるが、先程弘文に挨拶《あいさつ》をしたときは随分しっかりした態度で、実年齢よりも大人びて見えた。

二十二歳ということはまだ大学生かな? と思っていたら、柊一がちょうど同じようなことを亜紀に尋ねた。

「そういえば、お前今何してんだ? 学生か?」

問いかけに、亜紀は口元についた飯粒を指先で拭いながら首を振る。

「違うよ。三年前に専門学校卒業して、今は美容院で働いてる」

「じゃあ今日は仕事は?」

「今は夏休み中」

「いつまで。結構長く休みもらえんのか？」

「えーとね……まだ決めてない」

うん？　と柊一が片方の眉を上げる。けれど亜紀は、どういう意味だ、と問いた気な柊一には取り合わず、いきなり話題を転換させた。

「ところでさ、叔父さんがいないんじゃお店の仕事大変でしょ？　アタシ手伝ってあげる」

その提案に、えっ、と声を上げそうになったのは弘文だ。思わずカウンターに立つ柊一を見ると、柊一もどこか困ったような顔で即答できずにいる。

「いや……店の手伝いなら、そこにいる弘文に頼んであるから――……」

「そうなの？　でも人手は多い方がいいんじゃない？　ねぇ、弘文さん？」

いきなり亜紀が振り返り、にこりと弘文に笑いかける。初対面にもかかわらず親し気で屈託のない笑みに、弘文は曖昧《あいまい》に笑い返すくらいのことしかできない。

「でもな、亜紀……」

「大丈夫だよ、アタシ学生の頃居酒屋でバイトとかしてたし」

うぐ、と弘文は息を詰まらせる。これは自分よりよっぽど即戦力になりそうだ。

それでも柊一が考え込むように額を掻《か》いていると、焦《じ》れたように亜紀が言い放った。

「いいじゃん！　アタシどうせしばらく柊兄ちゃん家に泊まるつもりで来たんだし！」

言いながら、亜紀が足元に置いていたボストンバッグを軽く蹴る。一週間分の旅支度くらいは楽に入りそうなその大荷物に、さすがの柊一も眉間《みけん》に深いシワを刻んだ。

「おい、そんな話俺は聞いてないぞ」

「だって決めたの、昨日の夜だもん」

「しばらくってどれくらいこっちにいるつもりなんだ」

「だから、未定だってば。まだ決めてない」

けろりと言い返され、お前な、と柊一が深い溜め息をつく。

そんな二人のやり取りを、弘文はただただ見守ることしかできない。柊一は次の言葉を探しあぐねて黙り込んでしまうし、亜紀はもう話は決まったとばかりおにぎりを頬張っているし。

(……なんか、僕の悩みなんて聞いてる場合じゃないような……?)

そして不幸にも、その予感は違うことなく現実のものとなってしまうのだった。


「いらっしゃいませー!」

店の扉が開くたび、店内に明るい女性の声が響く。亜紀のものだ。

常連客は最初聞き慣れないその声に驚き、紺のエプロンをつけた亜紀の美貌《びぼう》に驚いて、最後は必ずカウンターの中の柊一に『何者だ』という視線を投げかける。

それら一連の反応に動じることなく亜紀はてきぱきと客を席に案内し、注文をとり、料理を運ぶのだが、その手際のよさには弘文も洗い場で素直に感心するしかなかった。

結局、柊一の困惑を押し切る形で亜紀はアラヤの手伝いをすることになった。

居酒屋バイトの経験があるからか、それともう三年も美容院の店先に立っているからか、亜紀の接客は堂に入ったものだ。

(僕なんか、出る幕ないなぁ……)

調理場の隅でジャブジャブと皿を洗いながら、弘文はそっと溜め息をつく。客の前に出なくていいのはありがたいが、時々自分がここにいる理由を見失ってしまいそうだ。それに。

「亜紀、フライ定食あがったぞ」

「はぁい。蕎麦《そば》と小鉢のセットいただきましたー。ザルでね」

「了解」

柊一と亜紀のやり取りを横目で見ながら、弘文はゆるゆると視線を落とす。つい先程、数年ぶりに再会したばかりとは思えないくらい二人の息はぴったりだ。調理と注文、料理の運搬といった歯車がカチリと噛《か》み合っている。

亜紀はよく気も回り、客を案内したり、テーブルを片づけたり、空いたコップに水をついだりして片時もじっとしていない。

自分があの場に立っていたら同じように動けたかな、と弘文は思い、無理に決まっている、とすぐに答えを出してガックリと項垂れた。きっと自分が亜紀の立場だったら、一体何から手をつけていいかわからず四六時中柊一の指示を仰いでいただろう。

亜紀がてきぱきと接客をこなしてくれるおかげで、柊一は調理に専念できているようだ。昼時で忙しいこともあり、柊一はほとんど洗い場の弘文を振り返らない。

(僕より亜紀さんが来てくれたことの方が、柊ちゃんにはありがたかっただろうな……)

少々自虐的な気分で、ジャブ、と泡まみれの手を盥《たらい》に入れたとき、目の端で誰かが手を上げたのが見えた。視線を向ければ、店の一番奥に座った男女の客のうち、男性の方が手を上げている。けれど、亜紀は他の席で注文をとっているせいで奥の座敷に気づいていないようだし、柊一も揚げ物の真っ最中で店内にまで目がいっていないようだ。

(あ、ど、どうしよう……?)

弘文はウロウロと視線をさまよわせる。どうやら今対応ができるのは自分だけのようだ。が、バイト全般をしたことのない弘文はとっさに動けない。自分が出ていってもいいのだろうかとまず迷う。

そうこうしているうちに、いつまでも店員が来ないことに苛立《いらだ》ったのか男性が腰を浮かせかけた。それを見て、弘文は濡れた手もそのままに慌ててカウンターの外へ飛び出した。

「お、お待たせいたしました……」

エプロンのポケットにねじ込んでいたボールペンとメモ用紙を手にテーブルへ駆け寄った

弘文に、男性客が手元のメニューに目を落としたままボソリと何かを呟いた。聞き取れず、つい、え？　と尋ね返すと、相手はチラリと弘文を一瞥《いちべつ》し今度はやたらと張った声で「海鮮定食」と答えた。たったこれだけのことでも、肝の小さい弘文には冷や汗ものだ。

女性の注文はなんとか一度で聞き取って、ホッとしたのも束の間《つかま》。畏まりました、と頭を下げて踵《きびす》を返そうとしたら、女性が手元を狂わせて水の入ったコップをひっくり返した。

キャッ、と小さく上がった声に弘文は竦《すく》み上がり、自分が悪いわけでもないのに、すみません、と思わず謝罪の言葉を口にしてしまった。その間にもテーブルの上にはコップからこぼれた水が広がり、弘文はあたふたとあたりを見回す。早くしないとテーブルの下にまで水が落ち、女性客の服が濡れてしまう。いっそ今自分が着ているエプロンの裾《すそ》でテーブルを拭ってしまいたいところだがそうもいかないし、かといって台布巾を取りにカウンター裏に戻る間も惜しい。そんなことを慌てふためいた頭の中で考え、とっさにはどんな行動もとれなかった弘文の元に、サッとやってきたのは亜紀だ。

「ごめんなさい！　服濡れませんでしたか!?」

手にした布巾でテーブルに広がった水を拭きながら亜紀が尋ねる。女性客は大丈夫ですよ、と笑っているが、よく考えたらコップを倒したのは彼女自身だ。もしかして謝らなくてもよかったのかな、と今更ながら思う弘文を素早く亜紀が振り返る。

「弘文さん、ここはアタシがフォローしときますから、注文伝えてきてください」

口早に促され、弘文は現状を正しく伝えることもできぬままカウンターの裏へ戻る。大きな鍋を持った柊一の背に弘文が注文内容を告げると、同時に柊一が鍋の中の湯を勢いよく流しにぶちまけた。調理場に、ブワッと大きな湯気が上がる。

「テーブルの方は大丈夫だったか？」

湯気の中、肩越しに柊一が振り返る。弘文はメモ用紙を握り締めて小さく頷いた。

「うん、亜紀さんが対応してくれたから……」

「そうか。慣れない仕事だとは思うが気をつけてな」

「う、うん。ごめん」

「しんどかったらずっと洗い場にいてもいいぞ。外は亜紀が捌《さば》いてくれるし、皿洗いが任せられるだけでも十分ありがたい」

「――……うん、わかった」

もう一度頷いて、視線を足元に落とす。そのまま柊一の顔を見ずに弘文は洗い場に戻った。

他人と関《かか》わることが苦手な弘文の性格をわかって柊一がフォローしてくれたのはわかる。けれど、なんだか胸の中がモヤモヤした。亜紀さえいてくれれば大丈夫だから余計なことはしなくていいと言われた気分になって、開店前に感じた口の中に砂が広がるような感触が蘇《よみがえ》る。

自分は亜紀のようには動けない。そんなことは百も承知だ。実際亜紀がいてくれなかったら、幸造不在のアラヤはこんなにつつがなく営業できていなかったに違いない。

わかっているのに、この気持ちは一体なんだろう。

(本当のことなんだから仕方ないじゃないか)

弘文は気持ちを切り替えるように盥に手を入れる。とにかく今は、自分にできることをしなければ。そうでないとここにいる意味がわからなくなってしまう。

(接客はもう、亜紀さんに任せよう。それから余計なことは言わないようにしなくちゃ)

さっきは自分が悪くもないのに謝罪なんてしたせいで、すっかり自分が何か失敗をやらかしたような雰囲気になってしまった。不要なことを言わないに越したことはない。

ふと目をやると、柊一が亜紀とカウンター越しに何か話をしていた。仕事の合間にちょっとしたお喋りでもしているのか、柊一を見上げる亜紀の顔にパッと笑みが咲く。

(――……僕はここにいてもいいのかな)

ついそんなことを考えそうになってしまい、弘文は雑念を振り払うように目の前の皿洗いに集中した。


週が明けたばかりということもあってか、夜はさほど長居をする客もなくアラヤは暖簾を下げた。だが、閉店時間になる頃にはもう、弘文はすっかり疲労困憊《こんぱい》してしまっていた。

「弘文、大丈夫か?」

一日中洗い場で立ちっぱなしだったせいか足腰が悲鳴を上げ、どうしても歩く姿が億劫《おっくう》そうになってしまう弘文を心配して柊一が声をかけてくる。弘文は洗い場で柊一にエプロンを返しながら、大丈夫、となんとか笑ってみせた。カウンターでは、自分よりよほど動き回っていた亜紀がけろりとした顔で店の残りの漬物など食べている。やっぱりアタシこういう仕事の方が性に合ってるかも、などと心底楽しそうに笑いながら。そんなものを見てしまうと容易に「疲れた」なんて言うこともできず、弘文はカウンターを出た。

「それじゃあ、僕は先に帰らせてもらうね」

「ああ。……弘文、悪い。今夜は――……」

言いかけた柊一に弘文は首を横に振る。亜紀がいるのだから今夜は泊まれないことくらい承知の上だ。また明日、と言おうとしたら、それより先に心配顔の柊一が口を開いた。

「明日、大丈夫か？」

なんでもない振りを装ったところで、柊一には弘文が疲弊しているのなんてお見通しらしい。一瞬ギクリとしたものの、弘文は店の引き戸に手をかけながら無理やり笑みを作る。

「大丈夫だよ。明日もお手伝いさせてもらうから」

「本当か？　無理はするなよ？」

大丈夫、ともう一度頷く。気を抜くと笑顔が崩れてしまいそうだ。心配されているな、と思いながら、もしかしたら遠回しにもう来なくていいと言われているのかな、とも思う。柊一に限って、そんなことがあるはずもないのに。もし本当に自分が不要になったのなら、きちんと柊一は本人にそれを告げる。その理由も、ちゃんと納得できるように伝えてくれる。わかっているのになんだろう。今日は随分と心が不安定だ。

「柊ちゃん――……」

ふいに、柊一に向かって泣き言を漏らしたくなった。

柊ちゃん、今日の僕は大丈夫だったかな。迷惑たくさんかけなかった？　明日も来ていい？

そう尋ねて、大丈夫だ、と言って欲しくなった。けれど、柊一を見上げた視界の端で、カウンターに座った亜紀がこちらを見たのがわかって、弘文は直前で口にしかけていた言葉をとっさに飲み込む。

「……それじゃあ、また明日。亜紀さんも、また」

柊一と亜紀に等しく笑みを向けて頭を下げると、亜紀は笑顔でひらりと手を振った。柊一もまだどこか思案気な顔をしながら、またな、と返してくれる。

それだけでホッとして、弘文は店を出ると後ろ手で引き戸を閉めた。

日が落ちてもまだ外の空気は蒸し暑い。今夜も寝苦しくなりそうだ、と極力なんでもないことを考えながら家に向かっていた弘文だが、ふいに携帯電話が手元にないことに気がついて足を止めた。

そういえば、エプロンのポケットの中にメモ帳やボールペンと一緒に携帯も突っ込んでいたのだった。思い出して弘文は今来た道を戻り出す。また明日、と言ったばかりなのにすぐ二人の前に顔を出すのはちょっと決まり悪いが仕方がない。

すでに暖簾を外したアラヤの前に立ち、わずかばかり躊躇《ちゆうちよ》してソロソロと弘文は引き戸に手をかける。店内からは明かりが漏れているから、まだ二人は中にいるのだろう。少しだけ戸を開けると、案の定中から亜紀の声が響いてきた。

だがその言葉を耳にした途端、弘文は引き戸に手をかけたまま動けなくなってしまう。

「弘文さんっていったっけ、あの人あんまり使えないね」

粘着質な悪意を感じさせない、あっけらかんとした口調で言われたそれを瞬時に弘文は理解できなかった。明日晴れるといいね、とか、今日のご飯美味《おい》しかったね、とか、そういうなんでもない調子だったから。

本当に、もっと悪意のこもった声音だったら、察して弘文はすぐにその場を去った。けれど亜紀の声があまりにカラリとしていたから、聞かなくてもいいことまで耳にしてしまう。

「なんかぼんやりしてて、状況読むことしないでしょう。困っててもなんにも言わないし、周りが気づいてくれるの待ってるみたいな感じ。柊兄ちゃんもさぁ、ちょっと甘やかしすぎなんじゃない？　あの人柊兄ちゃんと同い年でしょ？　もう子供じゃないんだから――」

さすがにここで弘文は戸口から離れた。できることなら柊一の返事を聞きたくなかった。

亜紀の言っていることは全部本当だから、否定されてもいたたまれないし、さりとて肯定されたら立ち直れない。

弘文は物音を立てないように戸口から後ずさると、数センチほど戸を開けたまま、踵を返して家に向かって駆け出した。

別段こんなことは初めて言われることではない。自分の要領が悪いのも気が利かないのも昔からよく言われてきたことだ。自覚もある。でもなんだか、今日はかつてないほどの羞恥《しゅうち》心《しん》がこみ上げてきた。あの台詞を柊一が聞いていて、実際亜紀と自分が比較されるのだと思ったらたまらない気分になる。

なんだか急に、仕事がしたくなった。書きかけの小説のことが頭を過《よ》ぎる。自分のできることを全力でしたい。雑念もなく。

なのに今はそれすら覚束ないのだ。小説を書こうとすると柊一の顔を思い出す。自分の書いているものが、いずれ自分から柊一を遠ざけてしまうのではないかと思うとひどく怖い。

グツグツと泥水が沸騰するように胸の奥から様々な感情が湧き上がってくる。けれどそれはあまりに数が多くて弘文は上手に整理することができない。ただ、嫌な気分だけに支配される。口の中がざらりとする。

ふいに、しっかりしろ、と柊一に強く背中を叩いて欲しくなった。でも今、柊一の側には亜紀がいる。走りながら弘文は頬の内側を噛み締める。

――……亜紀が来なければよかったのに。

今日は一日中、亜紀がいてくれてよかった、亜紀がいなければ、自分だけでは駄目だった、と胸の中で繰り返してきたはずなのに。

本当は亜紀が店を手伝うと言った瞬間から自分がそう考えていたことを自覚してしまって、弘文はますます嫌な気分になって部屋に飛び込んだ。

淹れたての緑茶を、カウンターに座る亜紀の前にコトリと置く。柊一は頭に巻いていた手ぬぐいをほどくと、さんざん弘文を詰《なじ》った亜紀に平坦な声で言った。

「八つ当たりをするんじゃない」

まだ何か言いかけていた亜紀が、グッと言葉を詰まらせる。そのまま、なんのこと、と空とぼけようとするのを許さず、柊一はカウンターの中で腕を組んだ。

「お前、なんの理由もなく突然うちに来たわけじゃねぇだろう。……何があった」

数年ぶりに亜紀の顔を見たときから、亜紀が自分に何か言いたくてここへ来たのだろうという予感はあった。何しろ亜紀は幼い頃、日々の不平不満を柊一に愚痴る癖があったから。

亜紀は三人姉妹の真ん中で、家の中はいつも騒がしく、誰もゆっくりと亜紀の話を聞いてくれる者がいなかった。一方柊一は余計な口も挟まず黙々と相手の言葉に耳を傾ける質《たち》だったから、ただただ話を聞いてもらいたい一心で亜紀はたびたび柊一の元を訪れた。

今回も似たような理由だろうとめどをつけ、ついでに芯《しん》から弘文に対して苛立っているのでもなさそうなので、八つ当たり、という言葉を使ってみたのだが、どうやらそれはあながち突飛な物言いでもなかったらしい。亜紀は痛いところを衝《つ》かれたような顔で黙り込んでから、観念したのか溜め息をついた。

「アタシ、三年前に今勤めてる美容院に就職して、ずっと雑用とか先輩のアシスタントとかしてたんだけど……今年の春からやっと、お店でハサミ持たせてもらえるようになったの」

よかったじゃないか、と柊一が眉を上げると、反対に亜紀は眉を八の字にしてしまった。

「それがね……初っ端から担当したお客さんのカットに失敗しちゃって……」

「……前髪切りすぎちまったとかか？」

カウンターに頬杖《ほおづえ》をついて、亜紀は言葉を探すように視線を泳がせる。

「そういうはっきりしたのじゃなくて……なんていうか、全体的な仕上がりが、お客さんの思ってたのと違ってたみたい」

「同じ肉じゃがでも思ったより味つけが甘かった、とかいう感じか」

そんな感じ、と投げやりに呟いて、亜紀は不満気に唇を曲げてしまった。

「おかげでアタシ、それ以来駄目なの。他人の髪が切れなくなっちゃったの。またその失敗したお客さんっていうのがひどくって、ブローが終わるなり待ち構えてたみたいに、店中に響き渡る声で『どうしてくれるんだ！』って叫んできてさ、アタシ店長と一緒に平謝りだよ。

後日わざわざ自宅まで菓子折り持って訪ねていく羽目にまでなって……」

「そりゃあハサミを持つのが怖くもなるな」

でしょ!? と勢い込んで亜紀が身を乗り出してくる。そして唇を尖《とが》らせたまま、苛立ったようにカウンターを指先で叩いた。

「でもさ、ちょっとはお客さんにも非があると思うわけ。だって最初にカウンセリングしたとき凄《すご》く曖昧な言い方してさ。適当に、とか、お任せで、とか。切ってる最中も思ってたのと違うんだったら言えばいいのにそれもしないで。そんなの言わない方が悪いんじゃん、何か言いた気な顔で見られたってエスパーじゃないんだからわかるわけないっつーの！」

カウンターの向こうで腕を組んだまま、なるほど、と柊一は納得する。亜紀が妙に弘文に突っかかったのはこのあたりに原因がありそうだ。何も言わずに最善の結果を待つ客と、何も言わずに状況が好転するのを待つ弘文がダブって見えたのかもしれない。

(相当煮詰まってるみたいだな……)

美容師になり、長い下積みの末やっとハサミが持てるようになった矢先に店で大失敗をし、逃げるようにここへ転がり込んだのか。いつまで夏休みなのか決めていないと言ったのは、最悪このまま店を辞めることになると思っているせいかもしれない。

さすがにそれはもったいないと思いながら、柊一は冷蔵庫の中から真っ赤なトマトを取り出す。

「でも亜紀、言わないんじゃなくて言えない客だって、きっと一杯いるぞ？」

「……弘文さんみたいに？　気が弱そうだもんね、あの人」

でもあの人の場合どんな髪型にされても文句言わなそう、と的確なことを言って亜紀はそっぽを向く。柊一は苦笑しながらまな板にトマトを置いた。

「弘文は極端だとしても、多かれ少なかれ自分の意思をちゃんと伝えられない人間はいる。むしろ完璧に伝えられる人間の方が少ないだろうよ。それを聞き出してやるのも、お前の仕事なんじゃないか？」

「わかってるけどさ……店長にも、実際に切るより事前にちゃんとカウンセリングする方が大事だって言われたし。わかってるけど――……」

「無理だ、と思ったら、そりゃできるわけねぇな」

言葉尻《ことばじり》を奪って言ってやると、さすがにムッとしたような目で亜紀に睨みつけられた。

「完全に相手の真意が摑めなくても、話しかけるのをおろそかにしちゃいけないだろう。そんなことしてるとあっという間に客は離れていっちまうぞ」

亜紀の不満気な表情をわかっていながら言うだけ言って、柊一は櫛切《くしぎ》りにした冷えたトマトを器に装《よそ》って亜紀の前に出した。縁だけが紺に色づけされた白い器に盛られたトマトは真っ赤に熟していて、今にも爆発しそうだった亜紀の顔から表情が消える。栓《せん》を抜いた圧力鍋から、溜りに溜まった水蒸気がシュッと抜けるように。

「……何これ？」

「トマト。あれだろ、若い女ってのは夜中に丼物とか目一杯食っちゃいけないんだろう？」

「当たり前じゃん、太るもん」

「野菜なら太らないだろ。旬のものだからそのまま食っても美味《うま》いしな」

それに、と、腕を伸ばして亜紀の茶碗《ちゃわん》に緑茶をつぎ足しながら柊一は呟く。

「お前ちゃんと夕飯食ってないだろう。休憩とれって言ってもきかねぇし。せめてそれくらい腹に入れとけ。朝にまたガッツリ食わせてやるから」

瑞々しいトマトをしばらくの間見下ろしてから、亜紀は黙って箸《はし》を取る。熟れたトマトをもぐもぐと咀嚼して、亜紀はボソリと言った。

「手抜き」

「言ってくれるじゃねぇか」

「でも美味しい」

亜紀の頬にふわりと笑みが浮かぶ。そりゃよかった、と自分も目元を緩めて、柊一はまな板の上に残ったトマトのヘタをつまみ上げた。

「亜紀、それ食い終わったら先に家に戻っていいぞ」

「え、お店の後片づけは？」

「俺がやっとく。お前は適当に風呂《ふろ》入って、一階の客間に布団敷いて休んどけ」

亜紀は最後のトマトを口に放り込むと、じゃあ遠慮なく、と身軽に店の裏側にある柊一の自宅へ行ってしまった。幼い頃何度か家に遊びにきたことのある亜紀だから、言われなくても勝手は大体わかるだろう。亜紀のこういうさっぱりしたところを柊一は気に入っている。

店にひとりになると、柊一はまな板を洗いながら密かな溜め息をついた。

（話しかけるのをおろそかにしちゃいけないか……。自分でできもしないことを……）

こうして仕事も終わり、人心地《ひとごこち》ついてから思い起こすのは弘文のことだ。

本当は弘文の真意を探るつもりで店の手伝いを頼んだのに、実際は本当に店の手伝いだけさせて帰してしまった。亜紀が予想外によく働いてくれたものだからつい亜紀にばかり指示を飛ばしてしまって、弘文を大分ないがしろにしてしまった感もある。時々目の端で弘文がこちらを見ているのにも気づいていたが、忙しさにかまけて振り返ってやれなかった。

（帰り際も、あいつ何か言おうとしてたな……）

乾いた布巾で丹念に包丁の水気を拭いながら、弘文の表情を思い出す。亜紀の目もあったからそのまま帰してしまったが、本当は追いかけた方がよかったのではないかと今更思う。

（本当だったら今頃、最近様子がおかしかった理由もじっくり聞き出してやる予定だったんだが……）

なんと言っても今回は、店の手伝いよりその後自宅に泊まらせる方がメインだったのだ。

けれどなかなか、思ったように物事は運んでくれない。

（亜紀もいつまでここにいるつもりなんだか――……）

正直今日は亜紀がいてくれて助かったが、だからといって弘文とのことを放置しておくわけにもいかない。ちょっと目を離した隙にまた弘文に妙な自己完結でもされたら大変だ。

（人の話を聞くってのもなかなか大変だよなぁ……？）

亜紀の苦労もわかる気がする、と思いながら柊一は流し台に敷いたさらしの上に丁寧に包丁を置いた。それを見下ろして、柊一は心静かに決意する。

明日、店を閉めたらゆっくりと弘文の話を聞こう。もういっそ亜紀は先に家に帰して、弘文の部屋に上がり込んでしまってもいい。

（亜紀には悪いが、明日は弘文を優先させてもらうか）

そんなことを思いながら、柊一は店の明かりを落とした。

朝、目が覚めるとやけに体が重たく感じた。時計を見るともう九時を回っていて、弘文はもそもそとベッドの上に起き上がる。ずっと考え事をしていたせいか昨日はなかなか寝つけず、明け方までうつらうつらとしていたおかげでまともに眠った気がしなかった。

弘文はふらつく足で立ち上がるとカーテンを開け、そっとアラヤの様子を窺った。

アラヤの裏には柊一の自宅がある。二階建ての、小さな庭のついた一軒家だ。店の奥には、確か自宅と繋《つな》がる簡素な土間があった。昔数度行ったことのある柊一の自宅の構造を思い出しながら、弘文はぼんやりと瞬《まばた》きをした。

(……亜紀さん、昨日は柊ちゃんの家に泊まったのかな……)

従兄妹同士なのだから、それは別段おかしなことではないのかもしれない。でも、亜紀は美人だ。その上二人はもう何年も会っていなかったという。夜の家に二人で、艶《つや》っぽい雰囲気にならないと言い切れるだろうか?

昨夜《ゆうべ》はそんなことを考えていたらすっかり眠れなくなってしまった。

(もっと柊ちゃんを信用しなくちゃいけないのかなぁ……)

そうは言っても弘文にはまだ、柊一が自分を選んでくれたこと自体信じられないのだから仕方がない。

弘文は溜め息をつくとのろのろと身支度を整え始めた。店に向かうのがひどく億劫なのは、今になって帰り際に聞いた亜紀の言葉が効いてきたせいかもしれない。自分を疎ましく思っている相手のいる場所に行くというのは、やはりどうにも気が重い。

アパートを出ながら、今日はもう少し積極的に動くべきだろうかと考える。昨日、初っ端からちょっとしたミスをしてしまい余計なことはするまいと控え目にしていたのだが、それが亜紀の目には周りの状況を見ていないととられてしまったのかもしれない。

（複数の人と同時に仕事をするのって難しいな……）

改めて、個人作業が大部分を占める小説の仕事は自分に向いていたんだな、と思いながら弘文はアラヤの店先に立ち、大きく深呼吸をしてから戸を開いた。

「お……おはようございます！」

亜紀もいるかもしれないから、と、普段はあまり出さない大きな声で挨拶をした。けれどそれに応《こた》えたのは柊一ひとりだ。店先にまだ亜紀の姿はなかった。

亜紀がいなかったことになんだかやけにホッとして、次いで妙に後ろめたい気分になった弘文の元に、調理服姿の柊一がやってくる。店の掃除でもしていたのか、小さな箒《ほうき》とちりとりを持った柊一は、弘文の顔を見下ろして眉を顰《ひそ》めた。

「弘文……？　お前ちょっと、顔色悪くないか？」

「え、そ、そうかな……？」

弘文は慌てて掌《てのひら》で頬を押さえる。もしかすると寝不足が影響しているのだろうか。大丈夫だから、と笑って横顔を向けようとしたら、頬を押さえる手を柊一に掴まれた。

「……本当に大丈夫なのか？」

柊一の熱い手が強く弘文の手首を掴む。柊一はそのまま身を屈め、至近距離で弘文の顔を覗き込んで一瞬だけ口を閉ざした。

こういうとき、弘文は言葉なんて柊一の前では意味を成さないのではないかと思ってしまう。どんなに嘘を積み重ねても、こうして顔を覗き込まれると心の奥まで読まれてしまいそうだ。実際、柊一にはいつも先回りして思考を読まれている気がする。言わなくても、困っていればポンと背中を押してくれる。当たり前に救いの手が差し伸べられる。長年側にいたからなのか、あるいは自分の思考パターンが単純なのか。

それとももしかすると、自分が無意識にすがるような目で、わかって欲しい、と柊一を見詰めてしまうからなのかもしれない。

（でも、それって――……）

『困っててもなんにも言わないし、周りが気づいてくれるの待ってるみたいな感じ』

ふいに昨日の亜紀の台詞が蘇り、弘文の横顔が強張《こわば》った。今更他人に言われるまでもなく自覚していると思っていたけれど、こんなタイミングで思い出すとことさらに耳が痛い。

（い、言ってみようか……）

昨日、亜紀と一晩一緒にいたのか。一緒にいたのなら、何事もなかったのか。くだらない、と呆《あき》れられるかもしれない。信用していないのか、と怒られるかもしれない。でも一度、言ってみようか。柊一が先回りして尋ねてくれるのを待つのではなく。

思えば自分はいつも柊一がこちらを振り返ってくれるのを待っていた。袖《そで》を引くことも、肩を摑んで引き寄せることもせず。

ゴクリ、と喉を鳴らして弘文は柊一を見上げる。

弘文の顔つきが変わったことに柊一も気づいたのだろう。表情が改まった。

弘文は背筋を伸ばし、緊張して乾いてしまった唇を軽く舐《な》める。あの、と息継ぎの隙間に声を出した、そのとき。

「柊兄ちゃん、昨日のエプロンどこー？」

店内に、亜紀の明るい声が響き渡って弘文はビシリと凍りついた。

続けざまに、亜紀が店の奥からヒョイと顔を出す。弘文に気づくと、亜紀は昨日ここで弘文をけちょんけちょんに貶《けな》していたのが嘘のような笑顔で「おはようございます」と言った。

「お、おはよう、ございます……」

それだけ返すのが精一杯で動けなくなってしまった弘文を見下ろし、柊一が微《かす》かな溜め息をつく。もう弘文の心から何事か言う気力が根こそぎなぎ払われてしまっていることを察したのだろう。柊一は掴んでいた弘文の手首を離すと、体を離す直前、ボソリと呟いた。

「……今夜、店を閉めたらお前の部屋に行く。続きはそこで聞かせてくれ」

ドキン、と弘文の心臓が跳ね上がる。柊一が弘文の部屋に来るのは、先々週の水曜日以来。体を重ねてから初めてのことだ。

首筋からカァッと熱くなって頷くこともできなかった弘文の前で踵を返すと、柊一はカウンターの端に置かれていたエプロンを取って亜紀に手渡した。

「ほらよ。今日も一日よろしくな」

「はぁい。……ところで、柊兄ちゃん？」

エプロンを受け取った亜紀が、しげしげと柊一の顔を見上げる。弘文もまだ若干頬を赤くしたまま、つられたように同じ方に視線を向ける。と、亜紀が無邪気な口調で言った。

「料理人にしては随分髪伸びてるんだね。もしかして女性客獲得のためにビジュアルにも気を遣ってんの？」

「そんなわけあるか。鬱陶《うっとう》しいから早いところ切っちまいたいくらいだ」

言いながら柊一が前髪をかき上げる。それはそれでもったいない、と密かに思う弘文の前で、亜紀がまたジッと柊一の顔を見詰めた。

亜紀もやっぱり、柊一は少々髪が長い方がちょっと色気があって格好いい、とか思っているのだろうか、と弘文がのんきに考えていると、そんな予想からは程遠い、思い詰めた声音で亜紀が言った。

「柊兄ちゃん……その髪、アタシが切らせてもらってもいい？」

スッと弘文の息が止まる。一息吸い込んだきり、吐き出すことを忘れてしまった。

（それは……僕の――……）

息を詰めたまま弘文は胸の中で呟く。だって柊一の髪を切るのは、自分の仕事だ。前々から柊一にもそう頼まれてきたし、それどころか思い返せば学生時代も、柊一の側にいた期間はずっと弘文が柊一の髪を切ってきた。

弘文は思わず亜紀の前に立つ柊一に視線を送る。

当然、柊一はその申し出を断ってくれるものだとばかり思っていた。この町に戻ってきてからというもの、柊一には何度となく髪を切ってくれと頼まれている。やんわりと断っても、いいから、と押し切られてきたのだ。だから――……。

「ああ、構わない」

だから、柊一がさほど迷う素振りもなく亜紀の申し出を受け入れたとき、弘文は心底驚いた。なんで、と思わず声に出してしまいそうになったくらいだ。けれど実際にそれをしなかったのは、亜紀がはしゃいだような声を上げてその場に飛び上がったからだった。

「本当⁉　わぁ！　柊兄ちゃんありがとう！　太っ腹！」

「大袈裟《おおげさ》だな……。まぁせいぜい練習台になってやるよ」

「じゃあ、じゃあ、そこに座って！」

「おい、まさか今すぐ切るわけじゃ――……」

「違うけど！　でもまだ開店までには時間あるでしょ？」

仕方がない、と苦笑して、柊一が言われるままカウンター席に腰を下ろす。その向かいに立って、亜紀は柊一の顔を左見右見《とみこうみ》して腕を組んだ。

「どういう感じにしたい？」

「どうってな……とにかく前髪が伸びちまって邪魔だから」

「じゃあ前髪短くして……眉上くらいかな。襟足は？」

「襟足もばっさりやっちまってくれ。暑っ苦しくて仕方ない」

「あとは？　全体的に短くする感じ？」

そうだな……と、柊一は考え考え言葉をついでいる。そんな二人の姿を見て、どうしてか弘文の心臓が不規則に脈を打ち始めた。

（柊ちゃん……僕に髪を切らせるときは、適当に、としか言わないけど……）

今は随分と丁寧に髪型について説明している。亜紀がプロの美容師だからだろうか。毛先はこれくらい切って、とか、この辺で段をつけて、とか。

（本当は、いつもあんなにたくさん要望があったのかな……）

弘文が髪を切ると、柊一はいつも満足そうな顔で「ありがとう」と言ってくれたけれど、本当に満足していたのだろうか。俄《にわ》かにわからなくなって、足元がぐらつき始める。

それでもギリギリ踏ん張れたのは、直前に柊一が話をしようと言ってくれたからだ。後でゆっくり柊一と話ができれば、こんなことだって笑い話になるかもしれない。

（大丈夫だ――……）

弘文は自分に言い聞かせる。けれどやっぱり、亜紀に毛先を弄《いじ》られながら楽しそうに話している柊一の姿を見ると口の中がざらざらして、弘文はそっと二人から目を逸らした。

アラヤの手伝いも二日目で、ほんの少しだけ仕事に慣れた弘文は、皿洗いだけでなく客が帰った後のテーブルの片づけや掃除などを積極的にして過ごした。相変わらず接客はすべて亜紀に任せっ切りだったが、裏方の仕事はすべて自分が引き受ける、くらいの気概で弘文なりに頑張ったおかげか、特に大きな失敗もなく忙しい昼時は過ぎていった。

見知った顔がやってきたのは、夜の八時近く、店内に酒の香りが漂い始めた頃だ。

ガラッと勢いよく戸の開く音がして、小さいながらも柊一や亜紀に倣って「いらっしゃいませ」と声を上げた弘文の表情がわずかに引きつる。

戸口にいたのは、松田《まつだ》、竹原《たけはら》、梅本《うめもと》の三人組だ。三人ともアラヤの常連客で、弘文と入店が一緒になると必ずと言っていいほど絡んでくる。「彼女はいないのか」だの「仕事は何してるの」だの言いながら無理やり酒を勧めてくることもあって弘文としては苦手意識が強いのだが、三人に悪意はまったくない。むしろひとりで食事をする弘文が淋《さび》しいのではないかと気遣ってくれているのがわかるだけに、毎度のことながら対応に苦慮している。

もしや今回も弘文がアラヤの手伝いをしているのを聞きつけてやってきたのだろうかとビクビクしていると、三人はいつもの店の一番奥の座敷に陣取るなり、水を持ってきた亜紀を見て歓声を上げげた。

「いやぁ、アラヤに別嬪《べっぴん》さんがいるって聞いたから来てみたけど本当だったな！」

「てっきりガセネタかと思ってたんだけど、たまには噂話《うわさ》にも乗ってみるもんだなぁ！」

ガハハ！　と三人が揃って豪快に笑う。その傍らでは亜紀がメニュー片手に愛想よくニコニコと笑っていて、自分なんて顧みもしない三人を横目に弘文はホッと安堵の息をついた。と同時に、なんとなく淋しいような気分にもなって人知れず苦笑する。いつもは苦手だと思っている人たちなのに、全然相手にされないとそれはそれで淋しいなんて勝手だな、と。

三人はビールと冷奴と枝豆とイカのわた煮を注文して、料理が来るまでの間、お手拭で顔を拭きながら上機嫌で柊一にも声をかけているようだ。

「それにしても本当に美人さんだねぇ。何、柊一君バイト入れたの？」

「まあ、成り行きでそういうことに。というかこいつ、従兄妹の亜紀ですよ」

えっ！　と三人が驚いたような声を上げる。そこでやっと亜紀が、十年前までこの町に住んでいた人物であると気がついたようだ。

「亜紀ちゃん？　花井さんとこの？」

「なんだ、戻ってきてたの？」

テーブルにビールを持ってきた亜紀に三人が詰め寄って、亜紀は笑顔で頷いた。

「ちょっと遊びにきただけなんですけどね。叔父さんが旅行でいないっていうから、臨時でお店のお手伝いをさせてもらってます」

「へぇ、そうなんだ。それにしても、随分この店に馴染んでるねぇ」

「昔はよくここにも遊びにきてましたから」

三人と話をしながらも亜紀の手が止まることはない。ビールを置いてコップを並べて、淀みなく作業をこなしていく。それを見て、竹原が感心したような声を上げた。

「若いのにてきぱきしてるねぇ。もういっそ、この店の従業員になっちゃえばいいのに」

その言葉に、大皿を洗っていた弘文の手が止まる。思わずカウンター越しに亜紀の顔を窺ってしまった。けれど亜紀はこちらに背を向けていて、その表情まではわからない。泡だらけの皿が手の中でズルズルと動いていくのを感じながら息を詰めて亜紀の返答を待っていると、それより先に松田が豪快に笑った。

「それよりいっそ、柊一君のお嫁さんになっちゃえばいいじゃないか！」

いいね！　とその場にいた二人も手を叩いて、弘文の手から完全に大皿が落ちた。

ガシャン、と皿の縁が盥に当たって大きな音を立てる。幸いにも皿は割れなかったがその音は店中に響いて、松田、竹原、梅本の三人と亜紀が、同時にこちらを見た。

弘文も我に返り、失礼しました、と頭を下げようとしたら三人が揃って笑顔を浮かべた。

「なんだ、ヒロちゃんもいたの？」

「幸造さんがいないからお手伝い？」

はぁ、と曖昧に頷く弘文と亜紀を見ながら、三人は楽しそうに喋り続ける。

「なんだかいいねぇ、こうして若い人たちが店に立ってるっていうのも」

「本当に亜紀ちゃんが若女将になってお店を切り盛りしてさぁ、そういうのどう？」

「悪くないんじゃない？　柊一君、結構いい男だよ？　亜紀ちゃんだってそう思わない？」

またきわどい質問をぶつけてくる三人に、自分が問われているわけでもないのにドキドキしながら亜紀の返答を待っていると、亜紀はにっこり笑って三人のコップにビールをついだ。

「そうですね、それもちょっと楽しそうですねぇ」

「でしょう？　それで毎晩こうしてオジサンたちにお酌して――……」

「でも、従兄妹同士って結婚できましたっけ？」

亜紀の問いかけに、え、と三人が顔を見合わせる。

「え、できるでしょ？」

「……そう言われてみると、できたっけ？　何親等以内だと駄目なんだっけ？」

「じゃあ従兄妹って何親等になるの？」

三人が思案気に顔をつき合わせている隙に、亜紀は笑顔のまま盆を持ってテーブルを離れてしまった。その鮮やかなあしらい方に、弘文は本気で感心してしまう。

（僕だったらああはいかないなぁ……）

弘文はあの三人にちょっとからかわれただけでもすぐ返事に詰まる。三人も弘文の困った顔を面白がっている節があるからさらに困る。にっちもさっちもいかなくなって立ち尽くしていると大抵は柊一が助け船を出してくれるのだが、亜紀にそれは必要ないようだ。

（いいな……）

少しだけ、亜紀の対応に憧《あこが》れた。自分もあんなふうに行動できたらいいのに、と。

それからふと不安になって、もう一度亜紀の横顔を窺う。

（でも、さっきの話、否定しなかったけど——……）

まさか本当に柊一の嫁に収まる気ではあるまいな、と、ジワリとした不安が胸に広がった。

大体亜紀はいつまでここにいるつもりだろう。たったひとりで柊一の元を訪ねてきたのに深い理由はないのだろうか。

（もしかすると亜紀さん、柊ちゃんのことを……？）

よもや柊一を慕ってここまで来たのだろうか。そしてこうして店先に立ち、柊一の嫁候補という立場を近隣に知らしめ外堀から埋めようという算段か。

亜紀ほど気立てがよく、接客もしっかりしていれば、常連客はもちろん、きっと幸造だってすぐ気に入るだろう。柊一だって、毎日同じ屋根の下で暮らしていればいずれ情が移ってしまうかもしれない。亜紀にもその気があったとしたら、自分なんて太刀打《たちう》ちできない。

（う、わ……）

ザァッと血の気が引いたと思ったら、グニャリと視界が歪《ゆが》んだ。

貧血だろうか。そういえば今日の昼は昨日以上に混雑していて昼食をとっていない。朝だってギリギリまで眠っていたから、そういえば丸一日まともな物を食べていなかった。あるいは寝不足のせいか。昨日は亜紀と柊一が一晩中一緒にいるのかと思ったら悶々として、べッドの上で目は閉じていたものの、ろくに眠れた記憶がなかった。

思わず流し台に手をつき眩暈《めまい》が治まるまで俯いていると、ふいに客席から声がかかった。

「ヒロちゃん、ヒロちゃんもそんな隅っこにばっかりいないでお酌してよ」

声は耳に届いていたが、眩暈のせいですぐには返事ができなかった。代わりに声を出したのは、調理場に立っていた柊一だ。

「松田さん、ここはそういう店じゃありませんよ」

「いいじゃない、女の子口説《くど》いてるわけじゃないんだから」

「そうは言っても——……」

「い、いいよ、柊ちゃん。僕、行くから」

弱り顔で何か言い返そうとした柊一を弘文が止める。予想外だったのだろう、驚いたような顔でこちらを見る柊一に、弘文は弱々しい笑みを返した。

「一応今は、従業員だから……行ってくる」

我ながら、柄にもないことをしている自覚はあった。いつもだったら柊一が場を収めてくれるまで待つのに。今日に限ってどうして、と問われれば、やはり直前に見た亜紀の毅然《きぜん》とした対応が目に残っていたからだろう。

フラフラとした足取りでカウンターから出ていくと、三人が拍手で弘文を迎えてくれた。

「ヒロちゃんもなかなかエプロン姿が様になってるじゃない」

「このままヒロちゃんもアラヤに就職しちゃったら？」

弘文はなんとか笑顔を崩さないようにしながら空いたコップにビールをつぐ。眩暈はまだ続いていて、耳元で三人が大笑いするとそれがそのまま耳鳴りになった。頭の奥で、長く細く響き続けるそれに、フッと意識が遠くなる。

「おっと！　こぼれてるよ、ヒロちゃん！」

目の前で大きな声が上がって、弘文はハッと我に返った。空のコップにビールをついでいたつもりが、いつの間にかコップからはビールが溢《あふ》れていた。

「あ、ご、ごめんなさい……！」

「ああ、いいからいいから。それよりヒロちゃん、おつまみ持ってきてよ」

テーブルの上に置いてあった紙ナプキンでサッとこぼれたビールを拭いて、竹原が「もうお腹ぺこぺこでね」と自分の腹をさする。弘文は頷いて慌ててカウンターの裏に戻ると、出来上がった料理を手に三人の下へ戻った。が。

「あれ、ヒロちゃんこれ蛸《たこ》わさじゃない。頼んでないよ？」

「え、あ！　す、すみません……！」

「ヒロちゃん、この冷奴まだ薬味が乗ってないよ？」

「し、失礼しました……！」

「わはは！　ヒロちゃん、イカのわた煮ってのは塩辛とは違ってだな」

ビールをこぼしたことで自分でも思う以上に動揺していたのか、弘文は三回連続で注文を間違える羽目になった。

それでももう一度料理を取りに行こうとしてカウンターに戻り、入口の段差で転びそうになったところでとうとう柊一が弘文の肩を摑んで止めた。

「弘文、ちょっと落ち着け。料理を運ぶのは亜紀に任せてもらって構わねぇから……」

「で、でも——……」

これくらい亜紀に頼まなくても自分が、と言い募ろうとしたら、柊一が表情を変えた。腕を組み、少し厳しい顔つきになって嚙んで含めるように言う。

「あのな、弘文。店にはあの人たちみたいな常連さんばっかりが来てるわけじゃねぇんだ。初めてここに来た人もいる。そういう人たちはあの三人みたいにお前の失敗を笑って許してくれるわけじゃねぇぞ？　お前があの三人のテーブルに運んでった料理は、本当は別のお客さんのところにいくはずのもんで、そういうのも全部、見られてるんだからな？」

あ、と弘文の口から心許ない声が漏れる。

そうだ、今の自分は一時とはいえアラヤの従業員なのだ。弘文が失敗ばかりしていたら、アラヤはそういう駄目な従業員を使う店だと思われかねないのだ。

臨時とはいえ従業員である自分は、アラヤという店の評価の一端を担っていたのだ。

「…………ごめんなさい」

項垂れて弘文が謝ると、いや、と短く柊一が応える。別段怒っているわけではない。柊一は本当のことを言っているだけだ。柊一の言葉が短いことも、表情が乏しいことも、今に始まったことではない。

けれど客席から見るそれは、柊一にがっちり叱《しか》られた弘文がどん底まで落ち込む図にしか見えなかったらしい。座敷から気遣わし気な声が上がった。

「柊一君、そんなに怒んなくたっていいじゃない。こっちは別に気にしてないんだから」

「そうだよ、ヒロちゃんこっちおいで」

顔を上げると、三人が気のいい笑顔を浮かべて弘文に手招きしていた。

「ヒロちゃんはいかにもこういう仕事慣れてなさそうだもんなぁ。ちょっと休憩しなよ」

「そうそう、おっちゃんたちと一緒に飲もう！」

「や、でも、まだ仕事中で——……」

慌てて弘文が断ろうとしたら、柊一に肩を叩かれた。

「弘文、いいぞ。お前やっぱり顔色が悪い。この辺でメシにしとけ」

「え、で、でも……」

「いいから」

いつだって弘文から抗《あらが》う意思を奪ってしまう、いいから、という柊一の台詞。

けれど今日は言葉の後で唇に薄い笑みが乗ることはなく、有無を言わせぬその口調に弘文は弱々しく頷いた。

「店は俺と亜紀で回せるから心配するな」

安心しろ、とつけ足された言葉に、むしろ弘文の心は一層重く沈み込む。やっぱり亜紀さえいれば自分なんて必要ないんだと突きつけられた気分だ。他人に必要とされない、期待されないというのは、思いの外精神的に堪える。

蒼白になる弘文には気づかず、柊一は座敷の三人に声をかけた。

「それじゃ、こいつも入れてやってください。くれぐれも飲ませすぎないでくださいよ」

「わかってるってば。相変わらずヒロちゃんのこととなると柊一君は過保護だなぁ」

笑い声が上がる。つられたように弘文の顔にも笑みが浮かんだ。感情はまったく動いていないくせに、表情だけが動く。自分の中身が空洞になって、外の振動に勝手に共鳴しているようだった。本当は何も感じていないくせに。

「お、ヒロちゃん今日は調子いいね」

「やっぱり労働の後の酒は美味いだろう！」

そうですね、と笑って頷く。その間も、亜紀がマメに料理をテーブルに運んできてくれる。

仕事を放り出してこうして客と飲み食いしている自分が亜紀の目にどう映っているのか、さらに柊一がそんな自分と亜紀をどんな目で見比べているのか知りたくなくて、弘文はただテーブルの上だけ見詰めて料理や酒を口に運んだ。

自分が何を口にしているのかも自覚しないまま。いつの間にか、結構な酒量を飲み干しているのも気づかないままで。

「ありがとうございました！　またお待ちしております！」

深夜も過ぎたというのに、疲れを感じさせない朗らかな亜紀の声が店内に響く。

最後の客が店を出て、柊一は調理場を出るとテーブルの片づけを始めた。今夜も最後まで残ったのは、松田、竹原、梅本の松竹梅トリオだ。

そして、やっぱりというかなんというか、食べ散らかされたテーブルには、ぐでんぐでんに酔っ払った弘文が突っ伏している。

（まぁ、あの三人に任せた時点でこうなることはわかってたけどな……）

弘文、と名前を呼んでも生返事が返ってくるばかりだ。このままではテーブルも片づけられないので、柊一は弘文の腕を自分の肩に回し、無理やり立たせてカウンター席まで運ぶ。

時々意識が戻るのか、弘文は爪先で床を擦《こす》りながらもなんとか足を動かして、カウンターに座るなりまた突っ伏してしまった。

柊一が片づけを再開すると、外の暖簾を下げた亜紀が店内に戻ってきた。

「随分派手に飲み食いしてったね、あの人たち。いつもあんな調子？」

呆れ顔の亜紀に苦笑を返し、そうだな、と柊一は呟く。

ザッと洗い物を済ませてまた調理場に立った柊一に気づいて、テーブルを布巾で拭いて回っていた亜紀が不思議そうな顔をした。

「あれ、まだ何か作るの？　明日……は、定休日じゃなかったっけ？」

「ああ、くずきりをな」

「くずきり。和菓子の？」

そうだ、と柊一が頷くと、亜紀が目を丸くしてカウンターにやってきた。

「柊兄ちゃんそんなものまで作れるの？　意外！」

「そいつが甘い物好きなんだよ。昨日、今日と手伝わせちまったから、その礼だ」

言いながら、目顔でカウンターの弘文を差してやる。そのまま作業に戻ろうとしたら亜紀が急に黙り込んで、柊一は再び顔を上げた。

「ちゃんとお前の分もあるぞ？」

「……別に、そんなこと心配してないけどさ」

明らかに声のトーンを低くした亜紀が弘文の隣に座る。頬杖をついて横目で弘文を見る亜紀の表情はなんとも複雑だ。店先では失敗が目についたし、最後はこんなふうに酔い潰《つぶ》れてしまうし、亜紀の目に弘文は大分頼りなく映っているのかもしれない。

ボウルに葛粉と水を入れながら、柊一は苦笑する。

「お前が思うよりいい男なんだぞ？」

「弘文さんのこと言ってる……?」

だまになった粉を指でつまんで砕きながら、他に誰がいる?　と柊一が問い返すと、亜紀は納得がいかない表情で弘文から顔を背けてしまった。

「そうかな。なんか凄く、物慣れない感じがしたけど」

「まあ、いろいろなことの経験は乏しいかもしれないな」

「もしかして無菌室育ちのお坊ちゃんとか?」

いや、と首を振って大鍋に水を張る。それをコンロにかけながら、柊一はカウンターに突っ伏す弘文を見遣った。

「こいつはできないことはやらないんだ」

「何それ、逃げ?」

「できもしないことに首を突っ込むと、周りに迷惑をかけると思ってる」

逃げじゃん、と繰り返す亜紀に、ちょっと違う、と柊一は首を振った。

「できないことを無理にやるより、できることを必死でやろうとするんだ。不得意なことより得意なことの方が習得に時間がかからない。そうすれば周りにかける迷惑は最小限で済む。そういうことを考えて動いてる」

沸々と鍋の底から泡が上がってくるのを視界の端で捉《とら》えながら、柊一は水で溶いた葛を目の細かいザルで漉《こ》してゆっくりとかき混ぜる。

「人間誰でも得手、不得手ってのがあるだろう。お前が髪を切るのは上手くても料理が下手、みたいに」

「失礼な、料理下手ってのは昔の話でしょ？」

「そうだな。普通はそうやって苦手なことも少しずつ克服するんだ。でもこいつはとことん不器用だから、克服するのに膨大な時間がかかる。その間に自分以外の人間に迷惑がかかるのが、こいつには耐えられない」

ボウルの中身をゆるゆるとかき混ぜながら、柊一は唇の端に笑みをにじませた。

「その代わり、やると決めたら凄いけどな。絶対に手は抜かねぇし」

「でもそれ以外のことは避けまくってるんでしょ？」

どうにも弘文には否定的になりがちな亜紀に、柊一は微苦笑を漏らす。

「俺はそれが悪いこととは思わない。俺だって机に向かってガリガリ勉強するのは性に合わないから、大学にもいかずにこうしてすぐ店に立ったわけだし」

「……それを言われたらアタシだって似たようなもんじゃん」

亜紀が不貞腐《ふてくさ》れたような口調で言って、別に当てこするつもりもなかった柊一は小さく肩を竦めた。

「誰だって苦手なことは避けようとするだろう。弘文はそれがちょっと顕著ってだけだ」

「ちょっとねぇ……」

まだ納得しかねるような顔をして、亜紀が再び弘文を見下ろす。弘文はカウンターに突っ伏したまま、まだ酒気を帯びた速い呼吸を繰り返しているようだ。

「……ところで、明日はどうする？　いつ髪切るんだ？」

話を変え、ボウルの中身をバットに流し込みながら柊一が尋ねると、亜紀が頬杖をついていた手をやっと下ろした。

「んー、いつでもいいけど……午前中の方がいいかな」

「わかった。じゃあ朝飯の後にでも頼む」

「でも、よく考えたら柊兄ちゃん髪切るハサミなんて持ってるの？　さすがに裁ちバサミで切るってわけには……」

「心配すんな。髪切りバサミと梳《す》きバサミ、両方用意してある」

へぇ、と亜紀が意外そうに目を見開く。その顔に、しかも下ろしたての新品だぞ、とつけ加えようとして、柊一はふと弘文を見下ろした。

そういえば、ハサミを買ったのは弘文がこの町に帰ってきてからだった。学生の頃はいつも弘文に髪を切ってもらっていたが、弘文が上京してからというもの髪切りバサミを使うこともなくなっていて、数年ぶりに洗面台の戸棚の奥から引っ張り出したそれは錆《さ》びて使い物にならなくなっていた。だから柊一はわざわざ真新しいハサミを用意して弘文に髪を切ってくれるよう頼んだのだ。その約束が果たされるまでは、弘文がまた突然自分の前から消えてしまうこともないだろうと。

（……あれだけしつこく頼んでたのに、結局弘文に切ってもらえなくなっちまったな）

そういえば、弘文にはまだ亜紀に髪を切ってもらうことにした経緯すら話していなかった。とはいえもともと弘文は他人の髪を切るのに乗り気ではなかったし、今はどう考えても亜紀の方が切迫した状況にある。説明は後でも構わないだろう、と柊一は弘文から再び鍋へと視線を戻す。鍋の湯は大分沸騰してきたようだ。

水で溶いた葛の入ったバットを慎重に持ち上げ鍋の中に浮かべると、カウンターの向こうで亜紀が深々とした溜め息をついた。

「でもさぁ、柊兄ちゃん本当にいいの？　アタシなんかが髪切っちゃって」

顔を上げると、亜紀は陰鬱《いんうつ》な面持ちでカウンターの一点を見詰めていた。飛び抜けて明るい亜紀がこういう顔をするのは、珍しい。

「ちゃんと美容師免許持ってんだろ、お前」

「試験は通ったけどさ……やっぱりこういうのって、技術とか知識より、センスが必要なのかもしれない……」

どうやら亜紀はすっかり自信喪失しているらしい。そういえば亜紀はカットに失敗して、店内でその客に怒鳴られるだけではとどまらず、客の自宅に菓子折り持参で謝罪に行ったとまで言っていた。その記憶がまだ生々しく残っているのだろう。

従兄妹である自分に対してさえこんな態度なのだから、金を払って髪を切ってもらいにやってくる客相手ではなおのことハサミなど持てないだろうな、と柊一は思う。

「やっぱりまだ、ちょっと怖いよ……」

心細気な声で亜紀が呟く。普段は気が強いくせに一度のミスを随分と引きずっている。

(逆に弘文はこういうとき強いんだよな)

小さなミスにくよくよするわりに、大きな失敗に弘文はめげない。というより、ミスの大きさに左右されないと言った方が近いだろうか。ちょっとしたことでも重大なことでも、等しく落ち込んで、また立ち直る。元から自己評価が低いせいか、上手くいかなくて当然と思っている節もあり、だから長いことひとつの失敗に捉われない。意外に根性もあって、次こそは、とめげずに同じ問題に取り組める。

今回だって、飲食店で働くのは初めてだったろうに後半は随分動きがよくなっていた。今日は最後の最後で崩れてしまったが、昨日と比べれば格段にできることが増えている。

それでも亜紀と比較してしまえば手際のよさは足元にも及ばないし、そんな微々たる変化は往々にして見逃されてしまうのだが。

(……弘文が亜紀と同じ立場におかれたら、どうするだろう)

ふとそんなことを思って、柊一はコンロの火をいったん止めるとカウンターを回って弘文の傍らに立った。何事か、とこちらを見上げる亜紀に小さな笑みを送り、柊一は酔い潰れた弘文の背中を叩く。

「弘文、おい、起きてるか」

んー、と、寝言なのか唸《うな》り声なのかわからない声が上がった。それでも柊一は弘文の肩を揺さぶって話しかけ続ける。

「なぁ弘文、もしもお前が仕事で失敗したら、どうする」

隣で亜紀が目を瞠《みは》る。そんな人に聞いてどうするの、と今にも言い出しそうな表情だ。それを横目で見ながら、柊一はもう一度弘文の肩を揺すった。

「弘文、お前だったら目一杯頑張った仕事が評価されなかったらどうする。自信を持って提示したそれが受け入れられなくて、次の仕事に手がつかなくなっちまったら、どうする」

柊一は弘文の耳元に口を近づけて尋ねる。亜紀のため、というより、今は柊一自身が弘文の声を聞きたかった。弘文がなんと言うか知りたかった。

辛抱強く弘文の背を揺すり続けていると、やっと弘文がとろりとした目を開けた。赤くなった目元をわずかに柊一の方に向け、アルコールに浸された頭でなんとか柊一の問いに対する答えを探しているらしい。

ややあって、弘文はカウンターに突っ伏したまま大儀そうに口を開いた。

「がんばるしか、ないとおもう」

酔っ払いにありがちな、声量のセーブできていない、呂律《ろれつ》の回らないたどたどしい口調で弘文が言う。それを聞いた途端、亜紀は明らかに落胆したような顔をした。そんなことはわかっているとでもいうように。

柊一は弘文の薄い背に手を置いて、そうか、と呟く。掌で感じる弘文の呼吸は速い。

「すぐには頑張れないくらい落ち込んでたらどうだ」

「それでも、がんばらないとだめだとおもう」

「……ただ闇雲《やみくも》に頑張ったって状況は変わらないと思いますよ」

亜紀が横から口を挟んできた。両手を組み合わせ、それを目の前に持っていって指の隙間を見詰めるようにして呟く。

「やればいいってもんじゃないでしょう。無鉄砲に行動して失敗したらどうするんです」

「頑張らないでそんなこと言うのは、逃げだ」

弘文の言葉に、どこともなく漂っていた亜紀の視線がピタリと止まった。

いつにない強い口調に柊一も弘文へ視線を戻す。弘文はもう目を開けているのも億劫なのか、完全に瞼を閉じてなお喋り続ける。

「何度頑張っても、全然、自分の出したものが受け入れてもらえないときもあるし……、失敗して逃げたくなるときもあるし、周りの人にたくさん迷惑かけて、立つ瀬がなくなって、このまま仕事がなくなっちゃうかもしれないと思うと怖いけど——……」

そこで一度言葉を切り、大きな溜め息をついて弘文は言った。

「……それでも、逃げるのが一番駄目だと思うから、頑張る。何が正しくて近道なのかわかんないから、できることは、全部やる。やりたい」

段々と弘文の口調がしっかりしてきた。酔いがさめてきたのかとも思ったが、背中の上下運動を見る限り、弘文の呼吸は変わらず速い。耳も頬も赤いままだ。

亜紀は自分の手元を見詰めたまま、胸の中で弘文の言葉を反芻《はんすう》するように何も言わない。静かになった店内に、いつもより少し大きな弘文の声だけが響いた。

「頑張る。失敗は、全力で挽回《ばんかい》する」

他にするべきことでもあるのか、と相手に問うような、強い意思を秘めた声は固い。普段の腹に力の入っていない、か細い声が嘘のようだ。

――……そうやってお前は、と、柊一はひっそりと笑みをこぼした。

(……自分の中にだけ、確固としたものを抱えてるんだよな。いつもは周りに合わせてても他人には絶対曲げられないところもあって、でもそれを外には出さねぇんだよな……)

だから時々、柊一でさえも弘文の本質を見逃してしまいそうになるのだ。

(厄介な奴め……)

胸の中で呟いて、柊一はそっと弘文の背をさする。それでいて、口元にジワジワと笑みが浮かんでしまうのは止められなかった。

「……でも、そうは言っても……さ」

長いこと黙り込んでいた亜紀が、ゆるゆると弘文を振り返る。弘文を見るその顔つきが、先程までと少し変わっていた。目の奥に、何かすがるようなものがある。

自分の腕を枕《まくら》に目を閉じ続ける弘文を見詰め、亜紀は呟いた。

「それでまた、失敗したら……?」

普段の明るさは鳴りを潜め、亜紀の声には微かな怯えが感じられる。

決められた形のないものを売るというのは、難しい。客によって求めるものは違うし、いつでも杓子定規《しやくしじようぎ》で測ったようにまったく同じものが提供できるわけでもない。それは料理というものを商品として扱う柊一にもよくわかる。同じ料理を出しても客によって反応が違うし、季節やその日の体調によって味つけが変わってしまうこともある。

弘文だって同じだろう。むしろ弘文の場合は、自分や亜紀より圧倒的多数の人の目に触れる仕事だ。その上、直接客の顔が見える自分たちとは違い、弘文は顔も見えない不特定多数の人間を相手にしている。当然批判も多いだろうし、失敗したとしても改善する方向が見えにくいこともあるだろう。

また失敗するかもしれない、という不安や恐怖は亜紀以上に大きいかもしれない。

そんなことを思いながら柊一も弘文の答えを待っていると、それまで目を閉じていた弘文が唐突に瞼を開いた。

酔っているとは思えない、明瞭《めいりよう》な目が亜紀を見据える。いや、本当に亜紀を見ているのかどうかはわからない。ただ弘文は、真っ直《ます》ぐに一点を見てこう答えた。

「そんなこと、考えてる間が惜しい」

今度こそ、虚を衝かれたように亜紀が言葉を失った。同時にパタリと弘文の瞼が落ちて、しばらくすると店内に弘文の寝息が響き始める。

柊一は、上下運動の大きくなった弘文の背中を一撫でして、ゆっくりと亜紀を振り返った。

「……いい男だろう?」

自分のことでもないのに得意気になってしまう自分を自覚して、柊一は苦笑を漏らす。

「自分がやるって決めたことに関しては、迷わず全力投球できる奴なんだ。自分の心身すり減らすことも、当然のようにやってのけちまう」

だから時々心配になる、とまでは言わず、柊一は弘文の髪を撫でた。

「仕事に関しちゃ、お前や俺よりプロ意識が高いかもわかんねぇぞ?」

柊一がそこまで言ったところで、やおら亜紀が席を立った。

どうした、と振り返ってみれば、亜紀は直前までの不安気な表情から一転して、やけにきっぱりとした顔つきで柊一を見て言った。

「柊兄ちゃん。アタシ明日、帰る」

突然の申し出に目を瞬かせる柊一に向かって、亜紀は強い調子で続けた。

「明日の朝一の電車で帰る。それで、店長にもう一度みっちり特訓してもらう」

それを受けて、柊一の口元にもにやりと笑みが浮かんだ。どうやら弘文の言葉が負けん気の強い亜紀の心を揺さぶったらしい。

「わかった。握り飯用意しておいてやるから、帰りの電車の中で食え」

「ありがと。それから、柊兄ちゃんの髪切るのは次の機会にする」

言いながら、亜紀はもうエプロンを脱いでいる。それを柊一の手に押しつけて、亜紀も唇の端を持ち上げるようにして笑った。

「ちゃんと自信つけてから切りにくるから、それまで待ってて」

楽しみにしてる、と頷いてエプロンを受け取ると、亜紀は慌ただしい歩調で自宅に繋がるカウンター裏に向かった。

「始発って何時だっけ？　支度してたら寝る時間なくなっちゃうかな」

「仮眠くらいとってけ。途中で倒れてもしらねぇぞ」

「アタシはそんなに柔じゃないもん。その人じゃあるまいし――……」

そこまで言って、亜紀がカウンター席を振り返る。

少し迷うような素振りを見せてから、亜紀はどことなく改まった声で言った。

「……今度また、酔っ払ってないときにちゃんと話をしましょうって、弘文さんに伝えておいて。あと、でしゃばってすみませんって……」

柊一は軽く笑って頷く。なんとなく、亜紀が弘文を妙に意識して、仕事中いつも以上に前へ前へ出てきていたのはわかっていたから。

「あとね、貴重なお話ありがとうございましたって、言っておいて！」

店と自宅を繋ぐ土間の方から、バタバタとした足音と共に亜紀の声が飛んでくる。

わかった、と返して、柊一は再び弘文を見下ろした。深い呼吸を繰り返し、気持ちよさそうに眠っている弘文を起こすのは忍びなかったが、このままでは風邪《かぜ》をひきかねないからと柊一は弘文を揺り起こした。

「弘文、弘文起きろ。布団敷いてやるから、寝るなら部屋に行け」

うん、とも、ううん、ともつかない返事があって、弘文がまたゆるゆると目を開けた。

「大丈夫か、気持ち悪いとかねぇか？」

弘文の頰を掌で包んでやって尋ねると、喉元をさすられた猫のように弘文が目を眇《すが》めた。

「……亜紀さん、は……？」

「亜紀ならもう家に戻っちまったぞ。それから、お前に礼を言っておいてくれってよ」

「……礼……？」

「ああ、貴重な話をありがとうって……」

「だったら――……」

ふいに弘文の声に切実さがにじんだ。それに気づいて柊一が口を噤むと、突然手の下の弘文の顔がクシャリと歪む。前触れもなく泣き出す直前のような顔になった弘文にギョッとしていると、弘文はか細い声で、切れ切れに言った。

「だったら……柊ちゃんの髪、切らないで——……」

弘文が重た気に手を上げ、自分の頬に触れる柊一の手首を掴む。

動けない柊一の前で、弘文はほとんど息が掠れるだけの声で言った。

「柊ちゃんの髪……切るのは……僕の——……」

語尾が曖昧に溶けて聞こえなくなる。耳を寄せるつもりで弘文の横顔に顔を近づけたら、その目元からボロリと一粒だけ涙が落ちて、またしても柊一は動けなくなった。

室内に再び、寝息が響く。

弘文に手首を掴まれ、腰を屈めたまま、どれくらいそうしていただろう。

しばらくしてゆっくり身を起こすと、柊一は弘文に掴まれていない方の手で口元を覆った。

「……お前……そういうことは、素面《しらふ》のときにちゃんと言えよ——……」

てっきり、弘文は自分の髪を切るのを嫌がっているのかと思っていた。散髪を頼むと、いつも自信なさ気に断ろうとしてきたから。今回弘文に髪を切るよう頼んだのだって半ば無理やりで、ただ弘文を側に繋ぎ止めておくだけの口実で。だから、弘文がもう自分の手の中にある今となっては、無理に弘文に切ってもらう必要もないと思っていた。それなのに。

「……自分以外の人間が俺の髪切っちまうのが泣くほど嫌なら、なんでそう言わねぇんだ」

手の下に隠した顔が、なんだかじわじわと赤くなってきた気がした。

「危うくまた見逃しちまうところだったじゃねぇか……」

もったいないことさせてくれるな、と呟いて柊一は手荒に弘文の髪を撫でる。

まだ頬に涙は残したままだったが、少しだけ弘文の目元がほころんだように見えた。


どこへ行っても水を探し、見つけるたびにありったけの水を飲み干して、でもちっとも渇きが癒《いや》されない夢を見た。

目を覚ましたとき、真実喉が渇いていた。

木目の目立つ天井を見上げ、弘文はぼんやりと昨夜の顚末《てんまつ》を思い出す。といっても、思い出せたのは途中までで、松田、竹原、梅本とテーブルを囲み、卓上に並ぶアルコールがビールから日本酒に切り替わった辺りで完全に記憶は途切れていた。

どうして深酒をした後はこんなに喉が渇くんだろう、と熱っぽい体を布団に横たえて考え、それからしばらくして、やっと弘文は見上げた天井が自宅のものでないことに気がついた。

あれ、と弘文が目を瞬かせたのと、すぐ側でふすまの開く音がしたのはほぼ同時だ。

「弘文、起きたか?」

続いて柊一の声が上から降ってきて、弘文は文字通り跳ね起きる。そうして起き上がったまではよかったがグラリと体が傾いて、弘文は弱々しく布団に手をつき前屈みになった。

「おい、大丈夫か」

畳を踏む音がして、急に柊一の声が近くなる。俯けた顔を上げると、布団の傍らで膝をついた柊一がこちらを見ていた。

弘文はパチパチと目を瞬かせて現状を把握しようとする。よく見ると、自分は明らかにサイズの合わない上下のスウェットを着ている。布団の敷かれたこの部屋は畳敷きの小さな和室で、目の前にいる柊一は調理服を着ておらず、小さく笑って弘文の背中をさすってくる。

「もうすぐ昼になるけど、そろそろ起きられるか？」

弘文はぼんやりと柊一を見上げ、やっとのことで頷いた。どうやらここは柊一の自宅らしい。そういえば昔、こんな部屋に遊びにきたことがあるような、ないような。

柊一は頷いた弘文を見ると立ち上がり、障子戸をガラリと開けた。途端に外から眩《まぶ》しい光が射し込んできて、弘文は思わず掌を目元にかざす。昨日の酒がまだ残っているのか、目の奥からこめかみの深いところまで、一瞬鈍い痛みが走った気がした。

弘文が目元を押さえて唸っていると、窓辺に立った柊一が出し抜けに言った。

「弘文、髪切ってくれないか」

思ってもない台詞に驚いて、弘文は弾かれたように柊一へ視線を向ける。

外からの光にまた目の奥が痛んだが今度はさほど気にならず、弘文は柊一を見上げ、でも、と信じられない気持ちで呟いた。

「でも……柊ちゃんの髪は、亜紀さんが……」

「亜紀なら朝一の電車でもう東京に戻ったぞ」

「え、な、なんで急に――……？」

昨日まで亜紀はちっとも帰る素振りなんてなかったのに。それに柊一の髪を切る気も満々で、だからこそ自分は昨日、自棄《やけ》になってあんなに酒を呷《あお》っていたというのに？

どういうことかと首を傾げる弘文に、柊一はちらりと笑みをこぼしただけで何も答えない。ますます不可思議な気分になる弘文の表情を読んだのか、柊一は口元の笑みを深めると弘文の元に歩み寄って、その目の前に片手を差し出した。

「とにかく起きろ。味噌汁《みそしる》ぐらいは飲ませてやるから。そうしたら髪切ってくれ」

「え、で、でも……？」

「いいから」

柊一の唇に薄い笑みが浮かぶ。

それだけでもう抗えず、弘文は言われるままに柊一の手を取って立ち上がった。

空に薄い雲が広がっている。それが夏の強い日差しを和らげ、今日は幾分過ごしやすい。

柊一の家の庭には低木が数本植わっているくらいで、他にはプランターも何もない。土の剝《む》き出しになった場所に新聞紙を敷いて、その上に折り畳みの椅子を持ってきて、弘文は最前から黙々と柊一の髪を切っていた。

　ブロッキングをするためのクリップもないので柊一に時々手で髪を押さえてもらい、襟足から頭のてっぺんにかけて少しずつ髪を梳いていく。プロでもないからおっかなびっくり、最初はほとんど見た目に変わらないくらいチマチマと髪を切る。

「襟足はもう完全に切っちゃっていいいんだね？」

「ああ、ばっさりやってくれ」

「横は……？」

「適当でいい」

　シャキ、とハサミを動かして、弘文はほんの少しだけ黙り込む。脳裏を過ぎったのは、昨日店先で亜紀と髪型について話し合っていた、柊一の親し気な横顔だ。

「……亜紀さんには、ああしてくれとか、こうして欲しいとか、一杯言ってたけど……」

　いろいろと要望を出されたところで自分に対応できるかわからないけれど、と思いながら弘文が呟くと、柊一はのんびりとした声で言った。

「亜紀はあれこれ細かく具体的に言ってもらえないと切れないいんだと。でもお前は、適当にって言えばいい塩梅に切ってくれるから、それでいい」

「そ……そ、う……？」

実に何気なく、でもとんでもなく嬉《うれ》しいことを言われた気がする。露骨に言葉を詰まらせてしまった弘文は、ごまかすように無言でシャリシャリとハサミを動かした。

地面に敷いた新聞紙の上に毛先が落ちる。こちらに背を向けた柊一の髪を切っていると、時折心地いい風が庭先を吹き抜けていく。柊一は椅子に座っているから珍しく視点が逆転して、その大きな背中を見下ろしながら、久しぶりだな、と弘文は思った。

こうして柊一の髪を切るのは高校のとき以来だろうか。

当時から柊一は恵まれた容姿にもかかわらず自分の外見に無頓着で、弘文が失敗を恐れて散髪を辞退しようとするたびに『どうしても妙な髪型になったら角の床屋で丸坊主にしてもらうから問題ない』などと本気で言っていたものだ。冗談ではないとわかっていただけに、弘文は毎回真剣に柊一の髪を切った。自分のせいで柊一が坊主になったなんて校内の女子に知れたら袋叩きにされると、本気で怯えながら。

ふいに思い出した懐かしい記憶にクスリと弘文が笑みをこぼすと、なんだ、と背を向けたままの柊一が問いかけてくる。

「久々だから、失敗しちゃうかもしれないなぁ、と思って」

「大丈夫だろう。まぁよっぽど妙な髪型になったら、角の床屋で坊主にしてもらうから心配すんな」

弘文は今度こそ声を立てて笑う。柊一は当時からちっとも変わっていない。

つられたように柊一も笑って、大きな肩が微かに揺れる。そういえばこんなふうに穏やかな気分で柊一と話をしたのも久しぶりだな、と思っていたら、突如柊一が明瞭な声で言った。

「弘文、好きだ」

ジャキ、とハサミが大きな音を立てる。

新聞紙の上にバサリと髪が落ちて、弘文はヒッと息を飲んだ。

「なんで妙な声出すんだ」

「だっ、だって急に、そんなこと言うから、髪が……！」

「色気がねぇな」

「こ、こんなタイミングで、どっちが――……！」

弘文はあたふたと襟足の長さを確かめるが、どうやら切りすぎというほどでもないようだ。ホッと胸を撫で下ろしたら、柊一が低く落ち着いた声で言った。

「こんなタイミングだからだろ。ここのところお前ちっともまともに話してくれないどころか、俺の顔もろくに見ねぇじゃねぇか」

ハサミを持ったまま、う、と弘文は言葉を詰まらせる。やはり、当然のことながら柊一も弘文の変化には気づいていたようだ。

「最近お前が構ってくれなくて、淋しい」

「そ、それは……」

「なんか気に障《さわ》るようなことでもしちまったか？」

「ち、違う！　それは……柊ちゃんのせいじゃ、なくて——……」

ギュッとハサミを握り締めて弘文は俯く。どうしても、段々声が小さくなってしまう。

いっそこのまま黙り込んでしまいたかったけれど、昨日までちゃんと柊一に相談しようと思っていたのを思い出し、弘文は覚悟を決めておずおずと口を開いた。

「さ、最近、どうやって仕事をしたらいいのか、わからなくなって……」

うん、と柊一が頷く。それ以外は何も言わず、穏やかな沈黙が先を促す。

弘文は一度大きく息を吐くと、柊一の髪を指先で弄りながら呟いた。

「僕は、今までそういう……け、経験もなくあんな小説を書いてきたけど……実際に経験してみたら……本当のことしか書けなくなった気がして——……」

弘文の喉が小さく鳴る。柊一の反応を見るのは怖いけれど、言わなければ。黙っていたらさっきのように、自分に非があったのではないかと柊一に余計な心配をさせてしまう。

言わずともわかって欲しいなんて、甘え以外のなんでもない。亜紀がそれを不満に思ったように、柊一だっていつかこんな自分を疎ましく思うかもしれない。

どちらにしろ柊一が自分から離れていってしまう可能性は拭えない。言っても言わなくても変わらないのなら、言ってしまった方がきっといい。後悔は、少ないはずだ。

弘文は喉の奥から迫り上がってくる嗚咽《おえつ》のような空気をなんとか飲み込んで、口を開いた。

「いつか、僕は……柊ちゃんとしてきたことを、全部小説に書いてしまうかもしれない……」

うん、と再三頷いて、柊一は沈黙した。またしてもこれ以上の言葉はない。

庭先に静寂が落ち、弘文の心臓がひしゃげたように竦んだ。だってこの反応の薄さはどうだろう。その上柊一は正面を向いたまま微動だにせず、まさかこのまま振り返ってくれないつもりかと思ったら動揺が走って、弘文は言うつもりのなかったことまで口にしてしまった。

「そ、それに、主人公のモデルは、柊ちゃんだし…っ…」

「へぇ、そうだったか」

今度は意外そうな返答があった。が、やっぱりそれ以上の言葉はない。

こんなリアクションの乏しい展開は予想しておらず、他に何を言えばいいのかわからなくなって真っ青になった弘文が立ち竦んでいると、しばらくぶりに柊一が振り返った。

「なんだ、気にしてたのはそれだけか？」

けろりとした顔でそんなことを言われ、弘文はハサミを握り締めたまま目を瞬かせた。

「それだけって……だって、ポルノ小説のモデルなんて……」

「あぁ、そいつは予想外だったけどな。てっきり社長のモデルはあの担当かと思ってた」

担当、と弘文は口の中で繰り返す。弘文の担当編集者である倉重《くらしげ》のことか。柊一とは全然タイプが違うのに、と意外に思う弘文をよそに、柊一はむしろ機嫌よさ気に言った。

「いいじゃねぇか、仕事中まで俺のこと考えてるんだろう？　それに、この前みたいにあの担当と実地で検証なんてされるよりよっぽどましだ」

「い……いいの……？　だって、本当に全部、事細かに書いちゃうかもしれないのに？」

「構わねぇよ。俺の名前と住所が書いてあるわけでもあるまいし。俺の知り合いが読んだってわかりゃしねぇだろ」

本当に、まったく気にした様子もなく柊一は言い切る。

弘文は何も言えない。こんなにあっさりと話が終わるとは夢にも思っていなかった。

「最近俺を避けてた理由ってのは、それだけか？」

また顔を前に戻しながら柊一が問う。うん、と弘文が頷くと、柊一が喉の奥で低く笑った。

「馬鹿、そんなことで悩んでたんならちゃんと俺に言えよ」

「――……うん、ごめん」

風が吹く。庭に植えられた低木がさらさらと鳴る。その隙間で、自分の声が鼻にかかったものになってしまったことに柊一は気づいただろうか。

ばぁか、と、さっきより愛《いと》しさを込めた声音で柊一が言った。

我ながら、がっつきすぎている、とは思う。けれどつき合い始めにもかかわらず二週間もお預けを食らわされれば、こうなるのは当然だ。

「し……しゅう……ん…っ…」

湯気の立ち込める浴室に、弘文のくぐもった声が響く。その声すらも飲み込んで、柊一は貪《むさぼ》るように弘文の唇を塞《ふさ》いだ。

庭で弘文に髪を切ってもらった後、顔や首に残った髪を洗い流すため柊一は迷わず浴室へ向かった。弘文の手を引いたまま。

戸惑う弘文を「お前、昨日風呂入ってないだろう?」という一言で黙らせて浴室まで連れ込み、頭からシャワーを浴びるなり弘文を抱き竦めて今に至る、というわけだ。

柊一は弘文を壁に押しつけ、シャワーから落ちる湯を背中で受け止めながら弘文の口内を蹂躙《じゅうりん》する。唇を深く咬《か》み合わせ、逃げようとする弘文の舌を搦め捕って強く吸い上げた。

「ん……ふ……んぅ……」

水の飛沫《ひまつ》を頬に受け、弘文が甘苦しい息を吐く。わずかに眉を寄せたその表情は、腰にくるほど色っぽい。

柊一は濡れた掌を滑らせ弘文の腰を撫でる。弘文の背に震えが走り、腕の中の体が身じろぐ。それを許さずさらに強く抱き寄せると、本格的に弘文が暴れ始めた。

名残惜しく、なんだ、と唇を離して覗き込むと、弘文は顔を真っ赤にして必死で柊一から体を離そうとしているようだ。本当に何事だ、と思ったとき、内股に何か硬いものが当たった。それに気づいて、柊一はにやりと唇の端を持ち上げる。

「照れるようなことじゃないだろう……?」

すでに硬くなっている弘文のものに、こちらも十分猛《たけ》っている自分のそれを擦りつけるようにしながら耳元で囁いてやると、弘文の頬だけでなく耳の端まで赤くなった。本当に、ポルノ小説なんてえぐいものを書いているとは思えないくらい弘文の反応はおぼこい。

(そういやぁ、前回が初めてだって言ってたな……)

そんなことを自覚したら、胸の底から妙な優越感が湧き上がってきて、柊一はがぶりと弘文の耳朶《じだ》を噛む。手加減したつもりだったのだが弘文がヒャッと妙な声を上げて、柊一は低く笑いながら弘文の腰に置いた手を移動させた。

「あっ……」

弘文の喉がひくついて、シャワーの音にかき消されてしまいそうな心細い声が漏れる。弘文の細い眉が八の字に寄って、震えるように薄く唇が開く。庇護《ひご》欲《よく》と嗜虐心《しぎゃくしん》を同時にそそられるその横顔に喉を鳴らし、柊一は移動させた手で弘文の中心を握り込んだ。

ビクリと弘文の体が震えて、ひどく驚いたような目でこちらを見上げてきた。

「し、柊ちゃ……こ、こんなところで——……」

弘文の顔には戸惑いの色が濃い。手の中のものはもうすっかり勃《た》ち上がっているというのに、まだ弘文はつまらないことを気にしているようだ。そんな弘文の思考も体も芯から溶かしてしまいたくなって、柊一は握り込んだものをゆっくりと扱《しご》いた。

「…っ……や、んっ……」

弘文の耳朶を挟んでいた唇を濡れた頬に滑らせ、何か言おうとした唇を再び塞ぐ。無防備に緩く開いた唇に舌を突き入れながら、掌をゆっくりと上下に動かした。

「ん……っぅ…ん……」

掌がぬめる。弘文の手が弱々しく柊一の手を摑んで動きを止めさせようとするが、柊一を止めるには至らない。それどころか微弱な抵抗に煽《あお》られて、柊一はさらに強く弘文を追い詰めていく。先端の括《くび》れに指を這《は》わせ、敏感な場所を指先でくすぐってはふいに根元から先端まで広い範囲を強く扱く。緩急についていけないのか、弘文の内股がビクビクと震えた。快楽に従順な体にこちらが煽られていくようだ。柄にもなく、息が上がるほど興奮する。

「んんっ……！　ん、ん——…っ…！」

弘文の舌を甘噛みしながら速いピッチで扱いてやると、弘文の腰が一際大きく震えた。続けざまに、柊一の掌に温かい飛沫が叩きつけられる。

「は……ぁっ……」

唇を離すと、弘文がなんとも甘い溜め息をついた。薄く目が開いて、とろりとした顔で見上げられる。それだけで、柊一の腰が熱くなった。

「随分、早いな……？」

上ずりそうになる声を抑えて柊一が囁くと、弘文の目元ににじんだ朱が色濃くなった。

「だ……って、……だ、誰かに触られるの……慣れて、ない、から——……」

俯いてごにょごにょと受け答えする弘文のつむじを見下ろし、柊一は頬の内側を噛み締めた。まだ自分しか触れていないだろう体に、沸々と征服欲が湧いてくる。

「じゃあこれからは、嫌ってほど俺が触ってやる」

言いながら、弘文の放ったもので濡れた指をさらに奥へと滑らせた。弘文の体に緊張が走って、うろたえた顔が向けられる。その目を覗き込んで、柊一は低く囁いた。

「その代わり、俺以外に触らせんなよ？」

「だ、誰が、そんな……あっ……」

「この前あの担当とそんなことになってただろうが」

指先が入口に触れて、弘文が身を捩《よじ》る。逃げるな、とばかり腰を引き寄せ、柊一は入口をぐるりと指先でなぞった。

「あのとき、なんだか知らんが、無性に腹が立った」

ピクリと弘文の肩先が震える。自分の言葉に反応しているのか、侵入しようとする指先に怯えているのか。柊一は弘文の額に唇を落とし、ゆっくりと指を中へともぐり込ませた。

「——……今はもっと明確に腹が立つけどな」

「…っ……ん……っ」

弘文の背中がグゥッとしなり、細い腕がすがりつくように柊一の背に回された。濡れた体が密着して、今にも暴走しそうになる自分を宥《なだ》めながら柊一は慎重に指を進める。

「あ……あっ……」

短い悲鳴を上げながらも、弘文は従順に柊一の指を呑み込んでいく。侵入が深くなるほどに弘文の膝が震え出し、浴室の壁につけた背がズルズルと滑り始めた。立っていられなくなったようだ。

「いいぞ、そのまま座っちまえ」

弘文と一緒に腰を落とし、柊一は床に両膝をついた。途中、弘文の腕を自分の首に回させて、完全に床に座り込んだ弘文の両脚を抱え上げる。

「え、あっ……あっ！」

柊一は正座をするような形で弘文を体ごと膝の上に持ち上げる。弘文の体が硬い床や壁に少しでもつかないように、と思ったのだが、大きく脚を開かされた弘文は柊一のそんな気遣いにまで気が回らない。羞恥に顔を赤く染め上げた弘文が逃げを打とうとするのを見越して、柊一は深く埋《うず》めた指でぐるりと内側をかき回した。

「ひっ……！」

弘文の体が大きく跳ね上がり、直前まで逃げようとしていたのが嘘のように柊一の首にかじりついてきた。柊一は薄く笑うと、そのましがみついてろよ、と囁いてもう一方の手をすっかり萎《な》えてしまった弘文の中心に伸ばした。

「あっ……や、だ……それは——……っ…」

「なんで……この前はよかっただろう？」

前回のことを思い出したのか、弘文の顔がますます赤くなる。あのときも、中を探りながら前を刺激したら、弘文は驚くほど乱れた。

長年のつき合いだというのに初めて見た親友の蕩けた顔。とんでもなく扇情的なあの顔をもう一度見たくて、柊一は器用に両手を動かして弘文を追い上げる。

「あっ……や、あ…あぁ……っ……」

慣れない場所をこじ開けられて苦しいはずなのに、弘文の声は糸を引くほどに艶《なま》めいている。その上指を銜《くわ》え込んだ場所は熱くてきつくて、ともすれば暴走してしまいそうになる自分を宥めるのに柊一も必死だ。

様子を見ながら指を増やし、まだ柔らかな雄を根気強く扱いていると、やがてピクリと手の中のものが反応した。

「ん……はっ…ぁっ……」

わずかだが、もどかしげに弘文の腰が揺れる。誘われるまま少し強く中を擦ってやると、弘文の体に漣《さざなみ》のような震えが走った。

ゴクリと柊一の喉が鳴る。二度、三度と指を突き入れてやると、前より一層弘文の声が濡れてきた。握り込んだものもゆるゆると硬度を取り戻している。

いい加減、腰に走る甘い痺《しび》れに抗いきれず、柊一は弘文の中を探っていた指を抜くと膨張した自身をそこに押し当てた。

浴室を満たす湯気の中で、弘文が薄く目を開けてこちらを見上げてくる。その目が確かに情欲で潤んでいるのを確認して、柊一は一気に楔《くさび》を打ち込んだ。

「——……っ！」

声にならない悲鳴を上げて、弘文が喉を仰《の》け反《ぞ》らせる。さすがに辛いのだろう、弘文はギリギリと柊一の首の裏に爪《つめ》を立てて息を殺している。締めつけに柊一も軽く眉根を寄せ、少しでも苦痛を和らげられればと弘文の雄を扱きながらゆるゆると腰を動かした。

「あっ……ぁ……あ——……」

喉の隙間から絞り出すような切れ切れの声が上がる。けれどそれも時間の経過と共に甘く崩れ出し、柊一を受け入れる部分も次第に柔らかく蕩けてきた。

繰り返し揺さぶられ、突き上げられて、弘文の息はひどく乱れている。まるで溺《おぼ》れているようだ。降り注ぐシャワーはすべて柊一がその背で受け止めているから、弘文の顔にはほとんど水がかからないはずなのに。

「……苦しいか」

弘文を追い込んでいる自覚はあるものの、そう聞かずにはいられなかった。ぼんやりと弘文がこちらを見上げてきて、柊一は苦々しい顔で呟く。

「……余裕がなくて、すまん」

身を屈めて弘文の唇に触れるだけのキスをする。と、弘文が掠れた声で言った。

「……苦しい、より…………嬉しい——……」

弘文から顔を離しかけていた柊一の動きがピタリと止まる。次の瞬間はもう、柊一は弘文の唇に噛みつくようなキスをして、弘文の腰を摑んでがむしゃらに突き上げていた。

「ん…っ…んんっ…ぅ……!」

でも、弘文は逃げなかった。それどころかますます強く柊一の首を抱き寄せて、柊一が必死で守ろうとした歯止めなど容易に吹き飛ばしてしまう。

(なんだってこいつはこんな、ピンポイントで——…っ…)

我を忘れる。浴室に響く、弘文の甘くくぐもった声がそれに拍車をかける。

前回も名前を呼ばれただけで箍《たが》が外れてしまって反省していたのに、反省なんてなんの役にも立たなかった。弘文はこんなにも簡単に自分の理性を奪ってしまう。

「んぅ、んっ、ん——……!」

弘文の内股が震えて、強く柊一を締め上げてきた。その甘い誘惑に抗えず、柊一は低く呻いて弘文の体の深いところに激情を叩きつける。それを追うように、互いの腹の間で弘文の欲望も爆《は》ぜたようだ。唇を離しても、互いに荒い息を吐いてしばらくは口も利けなかった。

ザァザァとシャワーの降り注ぐ浴室内に、二人の乱れた呼吸が響く。柊一はなんとか息を

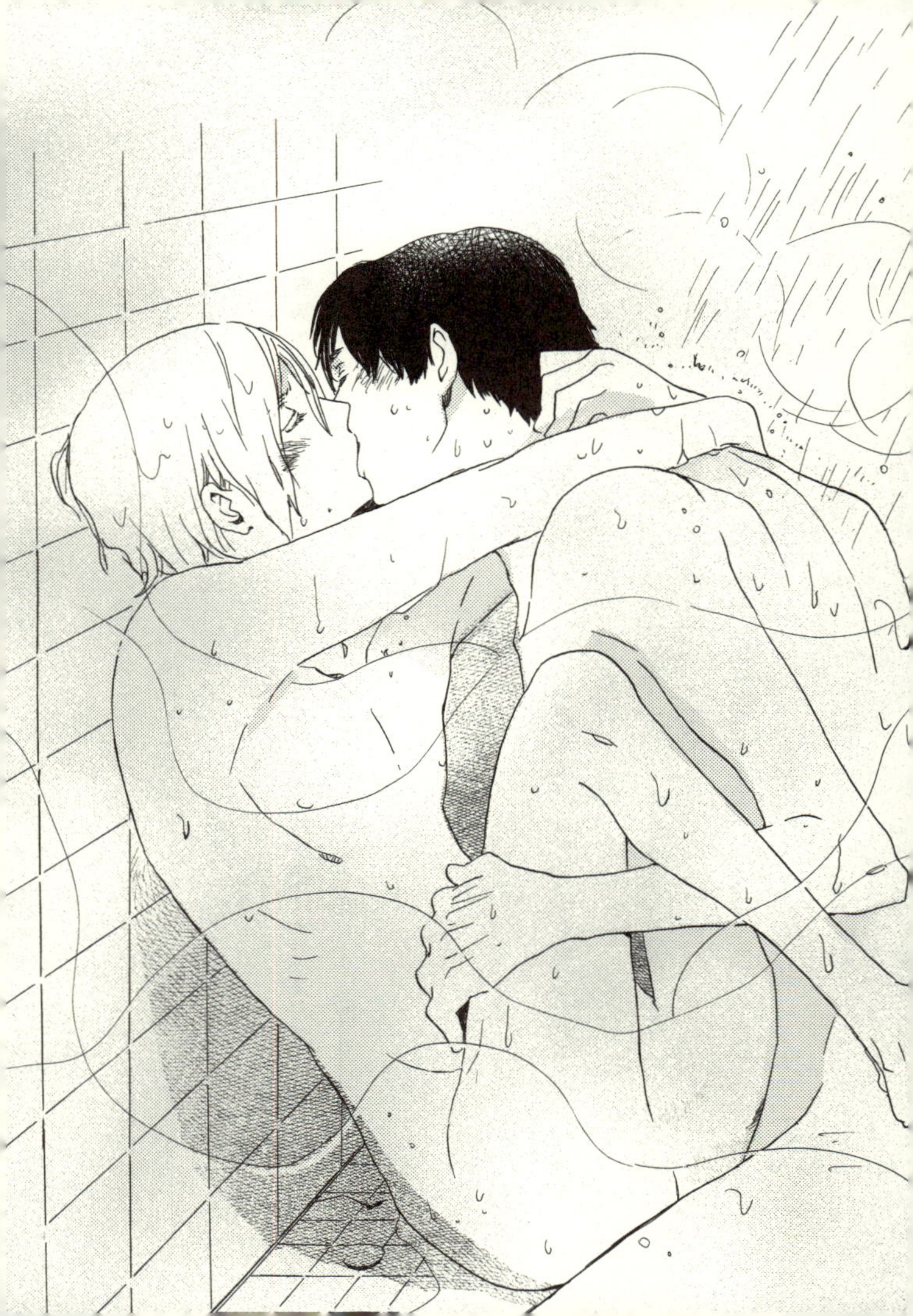

整えると、俯けていた顔を上げて弘文の顔を覗き込んだ。弘文はぐったりしてまだ速い呼吸を繰り返している。本当に、ついさっきまで溺れていた人間のように。

弘文の濡れた額に張りついた前髪を後ろに撫でつけてやると、ゆるゆると弘文の視線が上がった。そして弘文は、柊一と目が合うと、溶けるように笑った。

幸福そうな笑みに柊一の目は釘《くぎ》づけになり、気がつけば体を傾けて弘文の唇に自分の唇を寄せていた。柔らかく重ねるだけのキスをして、柊一は胸中で人知れず完敗宣言をする。

溺れているのは自分の方だと、心の底からそう思った。

浴室で二度、三度と柊一に挑まれ、最終的に気絶するように意識を失った弘文が再び目を覚ましたのはその日の夕方。幸造が二泊三日の旅行から帰ってからのことだった。

『なんでヒロ君がうちで寝てるんだ？』と不思議そうな顔をする幸造をしどろもどろでやり過ごし、弘文は柊一に言われるまま定休日のアラヤで夕食をとっていた。

なんとなく、亜紀が以前食べていたおにぎりを自分も食べたくなって柊一にリクエストすると、わざわざ他人に頼むものでもねぇだろう、と苦笑しつつも柊一は梅干入りのおにぎりを握ってくれた。

いつものカウンター席に座り、おにぎりと一緒に出てきたアサリの味噌汁ときゅうりの浅漬けを食べながら弘文はカウンター内に立つ柊一を盗み見る。ほんの半日前、まさかの風呂場であんな行為に及んだというのに柊一は普段通り包丁など研いでいる。

かく言う弘文だって、多少の気恥ずかしさはあるもののもう柊一の顔が見られないというほどでもない。ただなんとなく、耳の後ろをくすぐられるようなこそばゆさは感じるけれど。

（無理に思い出さないようにしなくてもよくなったからかな……）

長く悩んでいたことを柊一に笑い飛ばされて、気が楽になったのかもしれない。そんなことを思いながら柊一の握ってくれたおにぎりを食べ終えると、見計らったかのようなタイミングで目の前にくずきりが出された。

わぁ、と目を輝かせて身を乗り出す弘文に、柊一が微苦笑を漏らす。

「一昨日《おととい》から店番手伝ってもらった礼だ。そんな大したもんじゃなくて悪いけどな」

「え、そんな、亜紀さんが全部やってくれたから、僕は何も……」

弘文の前の空になった皿を下げながら、いや、と柊一が首を振る。

「皿洗いってのは結構厄介なんだよ。放っておくとあっという間に汚れた皿が溜まって調理場まで圧迫しちまうし……。だから、お前が手伝ってくれて助かった。ありがとう」

柊一が弘文を見て温かく目を細める。途端にどきんと心臓が跳ね上がり、弘文は慌てて柊一から目を逸らした。以前のような居心地の悪さは感じないけれど、やっぱり柊一の側にいると平常心でいられなくなるのは変わらないようだ。

ひやりと冷たいくずきりを口に運びながらなんとか胸の動悸《どうき》をやり過ごしていると、いきなり柊一がカウンターに腕をついて身を乗り出してきた。

「ところで弘文、今日のアレ、早速小説に書くのか?」

「へっ⁉」

あっけらかんととんでもないことを言われ、弘文は裏返った声を上げてしばし絶句した。それでも柊一は弘文の答えを待って何も言わないから、とんでもないとばかりに首を振る。

それはもしかすると、無意識にあのとき感じたものを小説に反映させてしまうこともあるかもしれないけれど、極力そうならないように努力するつもりだ——と、続けて言おうとしたら、柊一が精悍《せいかん》な顔をフッと笑みで崩した。

「そりゃそうだよな。あんなの普通すぎて使い物にもならないよな?」

「え、ふ、普通……?」

「だってお前、もうさんざんとんでもない体位やらどぎついプレイやら書きまくってるもんな。今日みたいなのじゃありきたりすぎてなんの参考にもならなかったろう?」

「え、や、いやぁ……」

そうは言っても頭の中で想像するのと実際やってみるのは全然違うし、ついでに風呂場であんなことになるのはありきたりと言うにはあまりにも弘文の許容範囲を超えた行為だったりしたのだが、柊一はあらぬ方向を見て何やら考え込んでいるようだ。

「そうだよな……まぁ、もうちょっとお前が慣れてきたら、いろいろやってもいいよな」

「い、いろ、いろいろって!?」

聞き捨てならない台詞に目を白黒させる弘文には構わず、柊一はカウンターに頬杖をついて薄く笑った。

「まぁ、冬木先生の創作の糧《かて》になれば何よりだ」

「べ、べ、別に、そんな、そんな気を遣ってくれなくても……!」

「いいから」

柊一が笑う。たっぷりと雄の魅力をにじませた顔で。

こうなったらもう弘文に柊一を止める手立てはない。どだい抗えるわけがないのだ。惚《ほ》れた弱味というやつなのだから。

どこか楽しそうにあれこれとよからぬ計画を企《くわだ》てているらしい柊一を見て、弘文は諦観《ていかん》の溜め息をついた。

恐らくこの先、自分の小説はどんどん進化していくのだろうな、と思いながら。

あとがき

王道ストーリー大好き海野です、こんにちは。

本当にベッタベタなのが好きで、恋愛ものも友情ものも、ラストの想像がついてしまうようなのが好きです。想像通りに終わるとなんとも言えないカタルシスを感じます。

今回のお話も幼馴染みで片想い、という王道ストーリーで、もしかすると書いている本人が一番楽しんでいたかもしれません。

そんなベタなお話のイラストを担当してくださった二宮悦巳様、ほわほわして可愛い弘文と、やたらめったら格好いい柊一をありがとうございました！

また、末尾になりますがこの本を手に取ってくださった読者の皆様、本当にありがとうございます。皆様に少しでも楽しんでいただければ幸いです。

それではまた、どこかでお目にかかれることを祈って。

海野　幸

海野幸先生、二宮悦巳先生へのお便り、
本作品に関するご意見、ご感想などは
〒101-8405
東京都千代田区三崎町2-18-11
二見書房　シャレード文庫
「純情ポルノ」係まで。

本作品は書き下ろしです

CHARADE BUNKO

純情《じゅんじょう》ポルノ

【著者】海野《うみの》幸《さち》

【発行所】株式会社二見書房
東京都千代田区三崎町2-18-11
電話　03(3515)2311[営業]
　　　03(3515)2314[編集]
振替　00170-4-2639
【印刷】株式会社堀内印刷所
【製本】ナショナル製本協同組合

落丁・乱丁本はお取り替えいたします。
定価は、カバーに表示してあります。

ISBN978-4-576-11093-6

http://charade.futami.co.jp/